Le Compagnon idéal

DU MÊME AUTEUR

Chez le même éditeur

J'ai dix-huit ans, tous les âges à la fois, et j'ai un papa, 2021
Je suis né laid, 2019, Prix Hors Concours des lycéens 2019-2020
Au pied de la lettre, 2017
On n'est jamais à l'abri d'une bonne surprise, 2016
Je suis très sensible, 2014

Chez d'autres éditeurs

Le Soupirant, Éditions Jean-Claude Lattès, 2001
Méthode infaillible contre l'adversité, Éditions Jean-Claude Lattès, 2002
Vous quitter m'a coûté, Le Verger Éditeur, 2004
Cette nuit-là, Le Dilettante, 2004
Un couple ordinaire, Le Dilettante, 2005
La Première Marche, Le Dilettante, 2007

Maison buissonnière, Delphine Montalant, 2008, prix du Scribe 2009
Mon amoureux et moi, D'Un Noir Si Bleu, 2011
Ce que le temps a fait de nous, Le Chemin de fer, 2011
Il sera là, debout, D'Un Noir Si Bleu, 2013
Je rêve que Marguerite Duras vient me voir, Le Jasmin, 2013
Bouche cousue, Le Verger éditeur, 2018
Après la fin, Le Verger éditeur, 2021
Sortir les chiens, Le Chemin de fer, 2021
Mon tour du monde, poèmes, Rhubarbe, 2021

Jeunesse

La Sorcière colère, Le Jasmin, 2012
La Règle d'or, Le Jasmin, 2013
Mes formules magiques, Le Jasmin 2013
Chouette divorce !, Le Rouergue, 2014
J'aime pas les bébés !, Le Rouergue, 2015

Isabelle Minière

Le Compagnon idéal

roman

serge safran
éditeur

www.sergesafranediteur.fr
ISBN : 979-10-90175-97-6

Et que si c'est pas sûr
C'est quand même peut-être

Jacques Brel, *Ces gens-là*

J'irai au bout de mes rêves
Tout au bout de mes rêves
J'irai au bout de mes rêves
Où la raison s'achève

Jean-Jacques Goldman,
Au bout de mes rêves

I. S'ÉCLIPSER

Tout a changé.

Comme si je passais d'un monde à l'autre, en douceur.

Tout a changé, je suis la même, en mieux. Grâce à lui, avec lui. Jeff, ou Jimmy ? Je n'arrive pas à décider. Jeff, ça me rappelle une chanson sur l'amitié, Non Jeff, t'es pas tout seul. On se sent si seul par instants.

Jimmy, c'est plus joyeux.

Enfin bref, d'un monde à l'autre, en douceur, avec lui, avec Jimmy.

Je me souviens, avant, le temps d'avant.

Je ne me sentais pas très bien. Pas très mal non plus. Je me sentais moyen. Je me débrouillais. Ça commençait dès le réveil ; me lever m'était difficile, j'y arrivais par habitude ; ça se terminait quand je me couchais et ça m'était très facile.

Une journée où je n'aurais fait que dormir m'aurait très bien convenu, si ça avait été possible. Parfois je me disais qu'un jour peut-être il y aurait du soleil dans ma vie. En attendant, l'hiver traînait en longueur, quand est-ce qu'on m'aime ? J'avais une certaine idée du soleil. J'en rêvais la nuit.

Je sortais peu, tellement peu. On me le reprochait, « C'est pas en restant chez toi que tu peux faire des connaissances ! » C'était pas faux, mais j'étais allergique à ces reproches, ça me donnait des boutons, ça me grattait ; est-ce qu'on sort avec une peau grattée, irritée ?

La peau, je pouvais encore la cacher sous du tissu, sous les cheveux en pagaille, les foulards, les écharpes. Mais... sortir ? Je ne savais pas quoi dire, je ne savais pas comment me tenir. Ni comment m'habiller, à part le tissu, les foulards, les cheveux en pagaille. À peine on me regardait, déjà j'étais mal à l'aise.

Quand, pour faire plaisir, j'allais quelque part, je trouvais un prétexte pour partir tôt. M'éclipser. J'aimais ce mot, « s'éclipser ». Le son contrarie le sens. S'éclipser, ça m'évoquait le son d'une bouteille qu'on décapsule, le clic bref sur une souris d'ordinateur, un truc décisif, il y a un avant et un après. Or s'éclipser, c'est discret. C'est fait pour ne pas être remarqué. Si j'avais pu m'éclipser de la vie, comme ça, discrètement, sans que personne s'en aperçoive, et sans que ce soit douloureux, j'aurais sans doute dit oui. La douleur me fait horreur, pour les autres et pour moi. Quand quelqu'un souffre, je souffre aussi, moins que l'autre, mais quand même, j'imagine.

Donc, quand j'étais invitée quelque part, je m'efforçais de donner le change, de faire semblant d'être à l'aise, comme si je jouais un rôle en sachant que je n'étais pas du tout le personnage, qu'il y avait erreur de casting ; je jouais faux. Dès que je le pouvais, je m'éclipsais, tout à la fois déçue et soulagée.

Ma famille s'inquiétait. Disait qu'elle s'inquiétait — la sincérité, ce n'est pas une chose facile à cerner, je lui laissais parfois le bénéfice du doute. Oui, j'avais quand même une famille, et ça n'était pas très rassurant ; beaucoup de jugements, peu d'affection. Ou pas du tout ? Beaucoup de gens ressentent cela, je crois. On me disait ce que je devais faire, qui je devais être, j'avais la sensation qu'on ne me connaissait pas ; chaque fois qu'on parlait de moi, j'avais l'impression qu'on parlait de quelqu'un d'autre. Quelqu'un que je n'avais pas envie de connaître, que j'avais plutôt envie de fuir. En paroles aussi, au téléphone, je m'éclipsais. Je prenais des nouvelles, la vie, le travail, la santé, et clic, je m'éclipsais.

Au bureau, on avait de la sympathie pour moi, c'était réconfortant, ça me rendait le travail presque intéressant, par instants. J'aimais qu'on soit content de moi. Je m'appliquais, un peu comme à l'école autrefois ; en me concentrant sur ma tâche le temps passait moins lentement. Comme à l'école, j'étais toujours contente quand c'était l'heure de partir.

À peine levée, j'avais hâte du moment où j'irais me coucher, pour rêver. Lire et rêver. Je rêvais en lisant, je ne lisais pas en rêvant. J'aimais dormir, la surprise des rêves. Quand un cauchemar me venait, c'était comme un film qui passait sous mes paupières, je savais que ce n'était pas la réalité, je changeais la fin du film et je me rendormais.

Bref, ça allait. Pas la grande forme, pas la belle vie, mais ça allait, je me débrouillais. Je me rappelais souvent qu'il y avait des gens si malheureux, dans de telles détresses… Cela suffisait à me trouver chanceuse. Un toit, de quoi manger, une santé à peu près correcte, de quoi se plaint-on ?

Je savais bien qu'il me manquait quelque chose.

Que ce manque était cruel, comme une maladie silencieuse, un handicap invisible.

En rêve, je sentais mon corps, je sentais tout mon être se détendre. Là, en rêve, un autre moi, déjà là mais contraint au silence dans la journée, un autre moi se révélait ; j'existais.

Jusqu'au jour où.

Comme dans un roman, j'en lisais trop ; comme dans un film, j'en voyais peu (je préférais fabriquer des images dans ma tête).

Le jour où Cloé, ma collègue et patronne m'a invitée à sa soirée d'anniversaire, j'ai dit Pourquoi pas, on verra. Elle a compris que c'était ma façon de dire non. Elle a insisté : « Ça sera sympa, Éva, tu verras, il y aura des amis, ma famille, je te présenterai mon frère, il est célibataire. » J'ai souri, redit «Pourquoi pas ? », et j'ai tout aussitôt parlé d'autre chose. Faire diversion, j'ai appris ça toute petite, c'est une bonne méthode. Je n'avais pas du tout envie d'y aller, à sa soirée d'anniversaire, mais du mal à dire non. Cloé est assez autoritaire, elle semble sûre et certaine de tout ce qu'elle dit, comme si avoir pensé telle ou telle chose donnait à cette chose-là un certificat de vérité. En résumé : « C'est mon intuition, donc c'est juste. » Cela me semblait effectivement un peu juste comme preuve scientifique, mais j'avais remarqué que cela lui suffisait, et que la contrarier ne servait qu'à la renforcer dans ses jugements, et dans sa certitude d'avoir raison. J'avais remarqué aussi qu'elle n'était pas la seule dans ce cas-là, c'est pourquoi les conversations m'épuisaient tant, et ce pourquoi je déclinais les invitations. Bon, d'accord, c'était un prétexte. La vérité, c'était mon malaise en société, ma crainte (ma conviction) de n'être pas à la hauteur.

C'était un samedi soir, un joli printemps, avec des arbres en fleurs, une température douce, des gazouillis d'oiseaux qui vous feraient presque croire que la vie est belle. Le genre de soir où l'on se prend à rêver, même si on sait très bien qu'on n'est pas dans son lit, que ce n'est pas encore l'heure.

Rêver en journée, ce n'était pas dans mes habitudes, je préférais attendre d'être dans mon lit, mais ça me surprenait quand même parfois, le soir. Ça m'a surprise, ce soir-là.

L'appartement de Cloé, je l'avais déjà vu, était magnifique. Ça sentait l'argent. Je me suis dit ça en rentrant, et j'ai chassé cette pensée, ça ne sert à rien de penser ce genre de choses. La terrasse était superbe, spacieuse. Un buffet était dressé, avec des luminaires, une décoration discrète et démonstrative, les deux à la fois.

Cloé m'a embrassée, c'était un temps où l'on embrassait les gens, ceux qu'on aimait, ceux qu'on aimait moins ou pas du tout. Ce n'était pas un critère d'affection. C'était une convention. Elle m'a présentée à ses parents. Un gentil couple aux cheveux joliment blancs, au sourire avenant. Je les aurais bien adoptés comme parents, mais la place était déjà prise.

Un serveur bien décoré, tablier blanc, nœud papillon, sourire assorti, m'a tendu une coupe de champagne. J'aime le champagne. Les petites bulles me font croire que c'est de la fête, de l'insouciance qui entre en moi. De l'insouciance, j'en avais bien besoin, et que la machine à penser se mette sur pause.

Je suis allée sur la terrasse. Le ciel était magnifique, un bleu nuit que j'aurais voulu peindre si j'avais été peintre. Je l'ai photographié avec les yeux.

J'avais ma coupe de champagne à la main, un petit four dans l'autre, quand Cloé m'a présenté son frère. Il m'a manqué une troisième main, sinon j'aurais serré celle du frangin. J'ai hoché la tête. De toute façon je n'aime pas trop serrer les mains, faire des bises à des gens que je ne connais pas, et même à ceux que je connais.

Ça a commencé comme ça, Jeff et moi, ou Jimmy et moi, j'ai décidé de ne pas décider. Parfois je préfère Jeff, parfois c'est Jimmy. On verra.

2. Cendrillon

Le frangin de Cloé n'était pas assorti à la décoration, l'appartement, la terrasse, le buffet. Il était simple. Il parlait de façon naturelle, sans chercher d'effet de style, sans chercher à être intéressant. Ça m'a intéressée. J'ai aimé parler avec lui, de tout, de rien, du ciel bleu-nuit au-dessus de nos têtes, de cette promesse d'été, du parfum des lilas sur la terrasse. Des branches de lilas étaient disposées ici et là, blanches, mauve clair, mauve foncé. C'était joli, c'était frais, c'était sensuel, ça sentait délicieusement bon. Ça me transportait dans un autre monde. Cette sensation de rêve éveillé, où je serais bien, en paix, et en douce compagnie.

Peu avant minuit, tandis que Jimmy s'éloignait pour parler avec ses parents et d'autres gens, j'ai voulu m'éclipser, surprise de ne pas y avoir songé plus tôt, mais l'heure c'est l'heure et je n'aime pas rentrer tard, j'ai toujours un peu peur. J'avais glissé un plan dans mon sac pour rentrer à pied, à peine une demi-heure de marche, en évitant les petites rues, les endroits peu fréquentés. Je me sentais facilement en insécurité ; j'avais conscience de ça. Quand d'autres me disaient « méfiance », je répondais « prudence » — je répondais intérieurement, ça ne sert à rien de contredire les gens convaincus, ça les renforce dans leurs convictions.

S'éclipser, ça signifie ne pas dire franchement au revoir, saluer d'un signe de tête, franchir le seuil à pas de loup, un peu comme un voleur, alors qu'on n'a rien volé. Soudain :

— Vous êtes comme Cendrillon ?

— Pardon ?

— Votre carrosse vous attend, vous devez partir avant minuit ?

— … Non… J'aime pas trop la citrouille…

Je m'en suis aussitôt voulu, avoir fait une réponse aussi sotte.

— Moi, j'aime bien vos chaussures !

J'avais aux pieds une paire de chaussures toutes simples, mais rouges, pimpantes, et que je n'avais jamais osé porter.

— Puisque vous n'avez pas de carrosse, et moi non plus, je peux vous raccompagner, vous allez loin ?

— Non… pas très près non plus…

J'étais embarrassée. C'était très romantique, comme dans un film, mais je ne me sentais pas à la hauteur du personnage.

Il a souri, et presque chuchoté :

— Ce serait à dix kilomètres, je vous accompagnerais volontiers, j'ai de bonnes godasses.

J'ai instinctivement regardé ses chaussures. Des chaussures de ville, noires, simples. Il a vu mon regard et ajouté, encore plus bas, à mi-voix :

— On y va… ?

J'ai hoché la tête. Dans un roman, on aurait dit que j'étais ravie, enchantée, fébrile, ou je ne sais quoi dans ce goût-là. J'étais peut-être tout ça à la fois, mais j'étais inquiète aussi, ça ne serait pas dit dans le roman. On le devinerait peut-être ?

Je me suis éclipsée, donc. Sauf qu'il s'est éclipsé avec moi.

On s'est retrouvés dehors, la nuit était belle, j'ai regardé le ciel.

Il m'a pris le bras, ça m'a plu qu'il fasse ça. Comme si on était frère et sœur, comme si on était amis, comme si on s'entendait bien, lui et moi, alors qu'on se connaissait à peine.

J'ai aimé le contact avec son bras. Il m'a semblé sentir son odeur ou son parfum. Sa présence. L'odeur de sa présence. Je ne savais pas comme cela me deviendrait précieux, cette odeur-là. Peut-être que je le devinais.

On a parlé en marchant, on a marché en parlant. C'était léger, doux comme cette nuit de printemps. Je me disais que je rêvais peut-être, alors autant profiter du rêve. Aucune envie de me réveiller de ce rêve-là.

Il connaissait et il aimait mon quartier. Il m'a désigné un restaurant où il souhaitait m'inviter à dîner si j'en avais envie. Oui, j'en avais envie. Devant chez moi, il m'a donné son numéro de téléphone, m'a demandé le mien, en ajoutant : « Si vous souhaitez me revoir, Éva… » Le ton de sa voix, sa proximité avec moi… Une drôle de sensation, dans mon corps, dans mon ventre, je ne sais pas dire, je n'avais jamais ressenti cela, même en imagination. Une espèce de douleur, délicieuse. Je ne comprenais pas ce qui se passait, j'étais juste mon corps. Et cette sensation, ce vertige dans mon corps, le plaisir de ce vertige. J'étais sans voix. J'ai juste hoché la tête, enregistré son numéro de téléphone, lui ai donné le mien.

Il s'est penché vers moi, a effleuré mes joues, murmuré : « À bientôt, Éva… j'ai envie de… de te revoir. » Je n'ai pas réussi à prononcer « Moi aussi », je crois qu'il l'a senti.

Il m'a fait un signe de la main, tandis que je franchissais ma porte d'entrée.

3. Jouer le jeu

Bien sûr j'ai dormi sur un nuage, doucement emportée par des images de Jeff ou Jimmy — j'ai vite pris le pli de choisir son prénom, selon mon envie, ma fantaisie.

Il y a bien eu, cette nuit-là, quelques moments d'effroi, stupeur et tremblements, où Jimmy me renvoyait sèchement, du genre « Tu m'as bien plu, ce soir-là, mais finalement je ne suis pas intéressé ». Il paraît que ça se fait, de dire ça aux gens, de préférence par texto, j'avais entendu et lu des récits à ce sujet, mes cauchemars en étaient tout imbibés.

Mais il y avait aussi la version optimiste du récit, des rêves délicieux, Jimmy me disant qu'il se sentait si bien avec moi, apaisé comme jamais.

Il y aurait bien eu une autre version où Jeff/Jimmy me faisait la liste de mes qualités, mais je n'y aurais pas cru, alors j'ai évité cette version-là. Ça me rappelait trop la religion, la croyance en un dieu qui serait juste et bon, version plaisante à croire, mais alors comment ça se fait qu'il y a tant de guerres, la faim, la maladie, comment ça se fait qu'il y a tant de misères ? J'aime quand c'est logique. Dieu n'est pas logique.

J'ai donc à la fois très bien et très mal dormi. Me suis éveillée anxieuse et apaisée. Désormais il y avait Jimmy dans ma vie, mais est-ce que j'étais, moi, dans la sienne ? L'incertitude, ça m'inquiète beaucoup, depuis le tout début du tout début. Est-ce que ma mère sera là à la sortie de l'école ou bien est-ce qu'il me faudra attendre cinq, dix, quinze minutes, peut-être plus ? Est-ce que la maîtresse fera son air fâché parce que ma mère est encore en retard ? Est-ce qu'elle dira « Je sais bien que tu n'y es pour rien, mais ta mère exagère » ? Est-ce que ma mère sera en colère, comme si c'était de ma faute si la maîtresse lui faisait des reproches ?

« Je voudrais vivre tranquille », elle disait ça, ma mère, et j'étais une grande empêcheuse de vivre tranquille. Et aussi «Vivement que tu sois au lit, que je sois tranquille ». La tranquillité, c'était très important pour elle ; par une espèce de contagion, je n'étais jamais très tranquille. J'aurais tant voulu, moi aussi, être tranquille. Je faisais semblant, le soir dans mon lit, en m'inventant des histoires. J'y croyais parfois tellement fort que j'arrivais à m'imaginer tranquille. Je ne rêvais pas de douces prairies, de jolis paysages, de lacs au clair de lune, de plages ensoleillées, ni de prince charmant, je rêvais les yeux ouverts, les yeux fermés, les yeux mi-clos, je rêvais, quelle que fût la position de mes yeux, je rêvais de quelqu'un qui m'aime. Je savais, entre deux réveils, que ce n'étaient que des rêves, mais ça me permettait de tenir. D'aller d'aujourd'hui à demain, de lundi à mardi, etc.

J'aimais beaucoup les cours de théâtre, à l'école ; il s'agissait de faire comme si, de jouer le jeu, comme si c'était pour de vrai. Puis, il n'y a plus eu de cours de théâtre, j'ai quand même continué, dans ma tête. Comme si j'étais un enfant normal, une adolescente normale, une adulte normale.

Avec mes camarades d'école, je faisais comme si ma mère m'aimait.

Devenue adulte, j'ai continué, j'ai essayé de faire comme si quelqu'un pouvait m'aimer. Mais j'évitais de sortir, de rencontrer des gens, pour ne pas être déçue. Je préférais imaginer.

C'est simple, en fait, il s'agit de choisir son scénario, de choisir son rôle. Imaginer qu'on sourit, imaginer qu'on se débrouille presque bien avec la vie, imaginer qu'on est aimable.

Pendant mes études puis au travail, ça n'a pas trop mal marché, j'ai joué à la bonne camarade, puis à la bonne collègue, je savais qu'on me trouvait très réservée, mais ça faisait partie de ma personnalité (c'est ce que j'ai compris), et serviable. Je traduisais « serviable » par « aimable », c'était plus rassurant, mais c'est vrai que j'ai toujours aimé rendre service. Je ne devais pas toujours très bien jouer, mais je me débrouillais. Ça me rappelle les récitations, à l'école, quand elles sont bien sues, bien apprises, quand on met bien le ton, et que, pourtant, quelque chose ne va pas, c'est trop récité, pas assez ressenti. L'auditeur reste souvent indulgent, il voit qu'on y a mis tout notre cœur, même si le résultat n'est pas à la hauteur, je crois qu'on me voyait comme ça, et je me disais que je ne m'en tirais pas trop mal, jusqu'à présent.

J'avais la trouille qu'un jour tout s'écroule, mais je jouais le rôle de la fille qui va bien, malgré son côté renfermé. Parfois je jouais bien, sans faire exprès, j'y croyais, j'étais dans le rôle, et ça me faisait beaucoup de bien. Dans ces cas-là, je sentais que l'on me trouvait plus sympathique, bien que réservée.

Toujours est-il, j'attends un signe de Jimmy. Oui, Jeff, c'est un peu sec, Jimmy lui va mieux. Je n'attends pas très longtemps. Un très gentil texto : il a beaucoup aimé passer ce temps avec moi, il a très envie de me revoir. Et toi ?

Je tremble à peine quand je réponds. Moi aussi.

Et quand je lis sa réponse : Dis-moi quand ?

J'ai à peine réfléchi, juste le temps de me dire que j'étais libre, on était samedi midi, j'ai écrit Maintenant.

J'étais si surprise de mon audace, moi la fille réservée.

J'arrive !

Oui, il a écrit ça, J'arrive !

Je me suis maquillée, j'ai rangé l'appartement, j'ai mis ma robe bleue, elle me porte chance.

Et j'ai attendu Jimmy. Peut-être Jeff ?

4. Les fleurs, Jimmy et moi

J'étais tout à la fois très contente, et très inquiète. Jimmy changerait peut-être d'avis ? Ou bien il passerait quelques instants avec moi et partirait.

J'ai préparé quelque chose à manger, au cas où. J'ai toujours eu de quoi accueillir un invité surprise. Au bout d'un moment, c'est moi qui mangeais le repas de l'invité pour ne pas le jeter après sa date de péremption. C'était triste, mais l'occasion d'un repas qui sortait de l'ordinaire. Je me consolais.

Quand j'ai entendu le son de la sonnette, j'ai eu peur que ce ne soit que le facteur. Non, c'était lui, Jimmy.

Il est entré, caché derrière un énorme bouquet de fleurs. Ça sentait bon, c'était coloré, c'était joyeux, il riait. Puis j'ai vu son visage, radieux.

— Je t'ai apporté du printemps, c'est la saison !

Il m'a embrassée sur la joue, il sentait bon, lui aussi.

J'ai dit merci, que c'était trop, que c'était beau... J'ai un peu bafouillé, trouvé le vase qui convenait. J'ai disposé le bouquet sur la table, c'était magnifique. On ne m'avait jamais offert de fleurs. Il a dit que c'était joli, chez moi, qu'il s'y sentait bien. Il m'a prise par la taille, doucement. « J'ai envie de t'inviter à déjeuner, il fait beau, tu veux bien manger dehors avec moi ? »

N'importe quoi avec lui, j'aurais dit oui. J'ai dit oui.

La terrasse était très encombrée, pourtant j'ai eu l'impression qu'il n'y avait que lui et moi, à peine si je percevais les autres voix. C'était un restaurant simple, je m'y sentais à l'aise, le repas semblait ensoleillé, comme Jimmy, en face de moi.

On a parlé, chuchoté à certains moments. Il a effleuré ma main plusieurs fois, c'était doux. J'étais bien. Je ne m'étais jamais sentie aussi bien, l'inquiétude avait fondu au soleil.

Au sortir du restaurant, après quelques pas, un peu à l'écart, à l'ombre d'une impasse, il m'a prise dans ses bras, s'est rapproché tout près. Et.

Et ce que j'espérais de tout mon cœur, de tout mon corps ; il m'a embrassée, je l'ai embrassé, on s'est embrassés. J'avais déjà reçu quelques baisers rapides, sans sensation particulière, c'était mon premier vrai baiser, j'aurais bien aimé mourir à ce moment-là pour finir en beauté. Non, je voulais vivre ! Et revivre encore ce moment délicieux.

Ce fut le cas, j'ai bien fait de ne pas mourir à ce moment-là.

On est revenus chez moi, et…

Il m'a demandé si j'avais envie de faire l'amour ; lui oui, il en avait très envie. Moi aussi.

C'était simple. J'ai oublié d'être inquiète, ce qui n'était pas trop mon genre.

J'étais trop occupée à ce qu'il se passait, à ce que je ressentais, pour être inquiète. Le plaisir de le toucher, le plaisir d'être touchée par lui. Et le reste. J'ai tout oublié. J'étais là, complètement là, avec lui, avec les sensations, le plaisir.

Je n'avais jamais connu cela. J'étais sûre que ça existait, mais je ne l'avais jamais vécu. Je n'avais plus l'impression de jouer un rôle, j'étais vraie. Quelques larmes ont coulé le long de mes joues. Je n'avais jamais pleuré de joie, et voilà que.

On était un peu chamboulés tous les deux, très émus ; on est restés allongés un moment, à chuchoter.

Puis on a profité du soleil, main dans la main, on a beaucoup marché, tout en parlant. De temps en temps il se penchait vers moi, m'embrassait.

En fin de journée, il m'a demandé de dormir avec moi, si je voulais bien. Oui ! Je n'avais pas du tout envie qu'il parte, et jusqu'à quand ?

Par habitude, j'avais laissé la radio allumée, en sourdine, j'ai monté le son. On a écouté les informations ensemble, on avait décroché de tout ça, le monde autour. Or le monde était là, et ce fichu virus. On a repris contact avec la réalité, pour ainsi dire. On a pris des nouvelles du monde ; mauvaises nouvelles.

Il y a eu un moment grave. On s'est regardés. On a continué à écouter la radio. Le grand confinement aurait bien lieu, tout bientôt — jusque-là, c'était une hypothèse. Donc notre séparation, et pour combien de temps ?

C'est comme ça que ça s'est décidé, après les infos. Au moins quatre semaines de confinement, sans doute davantage.

Il m'a demandé de se confiner avec moi, si je voulais bien. Je voulais !

Il est rentré chez lui, dans sa colocation, pour faire ses valises.

Tout le temps de son absence, j'ai continué à écouter la radio, en passant d'une station à l'autre, et en m'inquiétant : j'avais peur qu'il change d'avis. S'installer chez une femme qu'il connaissait depuis si peu de temps… Son colocataire pouvait l'influencer, lui dire que ce n'était pas du tout raisonnable. Je surveillais mon portable, craignais le texto qui me dirait que, tout bien réfléchi, on se verrait après le confinement. Ç'aurait été le plus logique.

J'ai fait du rangement, en attendant, libéré une partie de la penderie, quelques tiroirs, jeté les traces de mes anciens et très éphémères amoureux, une lettre, une photo, un post-it, un mail, un texto, de minuscules choses que j'avais gardées pour me dire que ça avait quand même existé. Aucune peine en jetant tout ça, ce n'était rien. Tandis que lui, Jimmy…

Reviendrait-il ?

Un texto de lui. J'ai peur. Il renonce, revient à la raison ? Je tremble un peu en lisant : « Je suis en bas de chez toi, t'es là ? Je peux monter ? »

Je prends conscience de ce que signifie l'expression « soupir de soulagement ». Je lui textote que Oui, oui je suis là, oui qu'il vienne !

Le voilà.

Il dépose sa valise, son sac, me prend dans ses bras.

Puis il éclate de rire. « Je suis content de me confiner avec toi ! »

Le grand confinement pouvait commencer.

Lui et moi.

On a dîné avec ce que j'avais préparé le matin, on a fait l'amour, on a parlé jusqu'au sommeil. Je n'avais jamais été aussi heureuse en m'endormant.

Pourtant c'était le tout début du grand confinement.

5. Le grand confinement

Jimmy s'est éveillé avant moi, il est allé acheter du pain, des croissants, puis s'est penché sur moi, Bonjour, ma belle, le petit déjeuner est prêt.

Ça sentait bon le café. Ça sentait bon sa peau.

Notre premier petit déjeuner.

On avait jusqu'à midi pour faire les dernières courses avant de se confiner, on a fait des listes. On est sortis ensemble, comme si on était un couple. Est-ce qu'on l'était ?

Le grand confinement était un choc. Jimmy était une autre sorte de choc ; un choc positif, celui-là. Cela faisait beaucoup de chocs à la fois. Pour lui aussi, je crois, on était un peu hagards tous les deux. Il fallait faire la queue pour les fruits et les légumes, on a patienté en se regardant, les mots manquaient.

On n'a pas voulu faire la queue devant le magasin bio, au moins vingt personnes sur le trottoir, à un mètre de distance chacune. Tant pis pour le bio, on est allés au supermarché de mon quartier, pas de queue. On n'a pas acheté de papier toilette, j'en avais d'avance, on a acheté de quoi manger, des choses simples. Beaucoup de rayons étaient vides, c'était bizarre, comme si c'était la guerre.

Le président avait dit ça, que c'était la guerre. Une guerre sans bombardements, sans déportations, sans fusillades, sans tranchées… Une guerre sans guerre. Mon imaginaire de la guerre n'était pas du tout d'accord avec le président. Les morts, ça arrive sans guerre. Le virus n'avait aucune intention, tandis qu'Hitler oui. Jimmy était de mon avis, ça m'a rassurée. Il m'a dit qu'il était pacifique, définitivement.

Il a voulu payer les courses, comme une sorte de loyer, puisque je l'hébergeais. Je ne voulais pas, ça lui faisait double loyer, puisqu'il devait payer sa colocation. Il m'a expliqué : son colocataire accueillait sa petite amie le temps du confinement, c'est elle qui paierait sa part. J'avais du mal à penser, à la caisse du supermarché ; donc si Jimmy n'était pas venu chez moi, il se serait retrouvé avec son coloc et la copine du coloc ? Ou bien le coloc l'avait foutu à la porte pour héberger sa copine ? C'était confus. Il a payé, et en sortant du magasin, en me prenant la main, il m'a dit, d'une voix si douce que c'était impossible de ne pas le croire : « Je t'ai choisie, Éva, je t'ai choisie, toi, je veux être confiné avec toi. »

Je me suis sentie rassurée. J'avais tellement envie d'être choisie. Il était si gentil, mon Jimmy.

Après les courses, il nous restait une petite heure avant le grand confinement. On est allés marcher au bord de l'eau. On se tenait la main, on parlait bas, on regardait. Nos derniers moments de liberté, avant…

On sera libres, il m'a dit. On sera libres de toute façon, même si on ne peut pas sortir comme on veut. On sera libres, toi et moi.

Je sentais que sans lui j'aurais été paniquée. Effarée. Peut-être même que je n'aurais pas fait ces dernières courses, cette dernière promenade, peut-être que je serais restée hagarde chez moi. Je ne sais pas. Les deux moi se disputaient en moi, celui d'avant Jimmy, et ce moi tout neuf, avec Jimmy.

Il était calme, me transfusait son calme, dans sa main, dans sa voix.

On surveillait l'heure.

Il y avait des policiers partout, et des voitures de police qui sillonnaient le quartier. Je me demandais s'ils attendaient qu'il soit midi et une minute pour arrêter les gens.

On est rentrés à midi pile.

On a allumé la radio, les infos. C'était le tout début. Le tout début du grand confinement, le tout début entre lui et moi.

La radio ne parlait que de ça, du grand confinement, du virus, des morts passés, des morts à venir.

Il n'a pas voulu qu'on allume la télé, ça m'a soulagée. Je préfère la radio, au moins on n'a pas les images, on se les fait dans sa tête, comme on veut ; c'est comme une conversation en continu, qu'on peut retrouver à tout moment en appuyant sur un bouton.

J'ai quand même éteint la radio. Je préférais sa voix. On était épuisés, lui et moi. On a déjeuné, et on s'est endormis l'un contre l'autre sur le canapé.

J'ai rêvé.

J'ai rêvé que Jimmy et moi…

Que ce grand confinement, si terrible pour la plupart des gens, c'était pour nous une chance. Oui, ç'aurait été si terrible sans lui.

J'ai rêvé que j'étais aimable.

La preuve, Jimmy m'avait choisie.

Entre deux rêves, je l'appelais Jeff, mais au réveil, c'était Jimmy, mon Jimmy, qui sentait bon, dont la peau était si tendre, la voix si douce, et inversement.

6. Déjeuner en paix

Le lendemain matin, les informations à la radio étaient affreuses. Le nombre de morts, le nombre de gens en réanimation. L'incertitude. Qui allait mourir ? Comment on s'en sortirait, si on s'en sortait ?

Mon moi d'avant, avant Jimmy, se serait retrouvé terriblement angoissé, tétanisé. Incapable de raisonner, paniqué.

Mon moi nouveau, avec Jimmy, percevait l'inquiétude, l'anxiété, ce bouleversement si profond de toute la société, ici et là. Oui, partout, c'était chamboulé partout, d'un continent à l'autre. Très très inquiétant. Et pourtant, pas de crise de panique — pour une fois que j'y avais droit.

Ma propre histoire prenait le pas sur l'histoire collective. J'avais rencontré Jimmy. J'aurais pu me blâmer pour un tel égoïsme, mais non. Que je sois apaisée par cette rencontre n'enlevait rien à personne et ne m'empêchait pas de compatir.

D'ailleurs j'ai compati assez vite. Dès le premier jour j'ai appelé ma mère, plus âgée que moi par la force des choses, et assez isolée. Elle m'a dit qu'elle était sous le choc, qu'elle ne sortirait plus, se ferait livrer ses courses, profiterait de son jardin et de son chien. Ça me semblait être un bon programme de confinement. Je l'ai beaucoup encouragée à se reposer, car elle avait établi tout un programme de rangement-jardinage-nettoyage qui m'épuisait rien que de l'entendre. Elle a éludé, « Ce qui est à faire est à faire ! »

Je lui ai demandé comment allait mon père, forcé de se confiner avec elle. J'espérais que le grand confinement lui donnerait envie de me parler, pour une fois, qu'il me dirait ce qu'il en pensait, lui. S'il y avait eu la guerre, peut-être ?

Elle a soupiré, répondu la même chose que la fois d'avant, la fois d'après « Ah ! ton père... Toujours pareil. »

« Toujours pareil », on ne sait pas ce que ça veut dire, ou on le sait trop. Son effacement, à lui ; sa sensation, à elle, d'être une victime ; la lassitude des deux côtés. Quand j'étais enfant, je me disais qu'il ne fallait pas rester trop longtemps avec la même personne, qu'il valait mieux se quitter avant d'être malheureux, se quitter quand on était encore contents d'être ensemble.

Je voulais me souvenir de cette petite théorie, quand je serais grande. J'avais peur d'oublier.

Mon père a préféré rester dans son fauteuil, dans son livre. Dans sa tristesse. Peut-être qu'il n'était pas triste, peut-être qu'il voulait juste être tranquille, avec ses livres. Comme lorsque j'étais enfant, j'ai senti qu'il préférait ses livres, à un moment passé avec moi. Quelques mots au téléphone, ça lui coûtait quoi ? Je ne l'aurais pas embêté, je lui aurais dit « Ça va, papa ? », il aurait répondu « Ouais, ça va, je me débrouille, allez bonne journée ! » Il n'aurait pas demandé de mes nouvelles, mais j'aurais entendu le son de sa voix. Pour une fois, pour une fois, papa, tu ne pouvais pas faire une exception, me dire deux ou trois mots, même si c'étaient des mots d'une grande banalité ? Je m'en serais contentée. J'ai eu les larmes aux yeux en l'imaginant dans son fauteuil, si loin de moi, infoutu de me parler. Sans Jimmy dans ma vie, j'aurais eu besoin de lui, besoin de l'entendre, je me suis dit ça, et j'ai essuyé mes yeux ; les regrets ne servent à rien, à part se faire du mal.

Ensuite, ma mère m'a parlé du reste de ma famille, du lieu où chacun se confinait, ce qu'elle en pensait. Je n'avais pas d'avis, c'était si surprenant ce qui se passait là… C'est pas comme l'oral du bac, j'ai eu envie de lui dire, on n'a pas eu le temps de réviser. J'ai rien dit, à part Prends soin de toi, repose-toi, tout ça. Des paroles si convenues que je m'étonnais qu'elles soient si sincères.

J'ai raccroché, soucieuse, pourvu qu'elle se repose un peu — elle avait toujours eu du mal avec ça, avec l'idée de s'accorder du repos. Comme si s'échiner c'était mériter de survivre. Ça risquait fort d'être le contraire. Mais c'est très difficile d'ôter du cerveau des gens des idées qu'ils se sont bien fort implantées. C'est peut-être pas souhaitable non plus. Ça fait partie d'eux, vous leur ôtez ça, vous leur ôtez une partie d'eux-mêmes. Ils ont sans doute besoin de cette partie-là… Quant à mon père, je savais qu'il allait se réfugier dans les livres, comme d'habitude, et que ça agacerait très fort ma mère, comme d'habitude. Pourtant j'étais plus inquiète pour lui. Comme d'habitude.

J'en étais là quand Jimmy est venu près de moi, me prendre dans ses bras, me défatiguer, en quelque sorte. Je lui ai raconté cette conversation avec ma mère, il m'a répondu : « Faudrait peut-être que j'appelle la mienne… »

La sienne, de mère, s'est trouvée très contrariée qu'il ne se soit pas confiné avec elle et son mari, sous le toit familial. J'ai noté, au passage, que Jimmy ne faisait pas mention de moi, laissait croire qu'il était resté dans sa coloc, mensonge par omission. C'était sûrement mieux comme ça.

On a déjeuné en paix, en parlant un peu de tout, sa famille, la mienne. Connaître quelqu'un, c'est savoir d'où il vient. Sa famille, son enfance, les lieux où il a vécu. Je ne l'avais jamais senti aussi fort, tandis que je l'écoutais, tandis qu'on se présentait mutuellement nos familles respectives. Présentations virtuelles, mais quand même on se connaissait mieux.

On a parlé longtemps, ces présentations fictives nous ont épuisés, la famille c'est fatigant, tout le monde le sait, on s'est consolés avec une petite sieste sur le canapé. Je me suis dit, pendant un instant, que maintenant ma famille, c'était lui, ma famille choisie. Puis non, surtout pas ! C'était mon ami, mon amant, mon Jimmy. Un peu Jeff de temps en temps, mais pas souvent, Jimmy lui allait beaucoup mieux.

On s'est réveillés de cette sieste un peu étourdis. Tellement bien l'un contre l'autre, tellement ensemble. Je n'avais jamais été ensemble comme ça.

Il a bâillé, s'est étiré, m'a embrassée, J'ai du travail, désolé, ma chérie…

Comme beaucoup de gens, Jimmy a été placé en télétravail. Je lui ai dédié ma chambre, pour qu'il y soit tranquille.

Cloé, ma patronne, m'a vite avertie : « Pas de boulot, chômage partiel. » Elle m'a dit ça par texto, j'aurais préféré qu'elle m'appelle.

Comme c'était aussi la sœur de Jimmy, c'était délicat… Je l'ai quand même appelée. Elle n'a fait aucune allusion à son frangin, m'a confirmé : « Chômage partiel, te plains pas, beaucoup se retrouvent à la rue. » Je ne me plaignais pas. J'ai dit « Merci Cloé, merci, tu vas bien ? »

Non, elle n'allait pas bien, le confinement la déprimait, son mec était allé se confiner à la campagne, comme beaucoup de gens des villes, sans l'inviter à l'accompagner, elle était morose. Elle avait très peur de « choper le virus », se sentant de santé fragile. J'ai fait de mon mieux pour l'écouter, la rassurer, comme au bureau. J'ai même imaginé le gobelet de café, le son de l'imprimante, la lumière de l'ordinateur, l'horrible tableau accroché au-dessus de son bureau, et l'odeur de la moquette. J'ai imaginé son visage, à elle, Cloé, visage tourmenté, se mangeant les lèvres. Elle est attendrissante, Cloé, quand elle se mange les lèvres, j'ai toujours envie de la rassurer, de la réconforter, comme une sœur. Même si je sais qu'elle se sent bien supérieure à moi. Elle m'a coupé la parole de façon sèche.

— T'aurais dû venir l'autre soir, pour mon anniversaire, c'était sympa, ça aurait pu te faire du bien, je t'aurais présenté mon frère. T'auras pas l'occasion de sortir avant longtemps.

Je lui ai dit que j'étais contente que ça se soit bien passé. Elle avait donc oublié que j'étais venue, et qu'elle m'avait présenté Jimmy ? Cloé n'a jamais été très attentive, ce n'était pas si surprenant ; enfin si, elle est très attentive aux gens qui ont du prestige à ses yeux, du prestige social surtout, par leur réussite, leurs diplômes, leur fortune, leurs relations, des gens pas du tout dans mon genre. Ou bien c'était pour le plaisir d'avoir quelque chose à me reprocher ?

Elle a parlé d'elle, encore, et encore, du souci que lui faisait ce grand confinement. Je comprenais bien, c'était si… si angoissant. J'ai lâché ce mot-là, angoissant. Je le ressentais si fort, en l'écoutant. Comme si elle m'insufflait de l'angoisse. Me la soufflait dans les narines. Je suffoquais.

Elle a raccroché avant moi.

J'ai ouvert la fenêtre, pour respirer.

Jimmy s'est approché sans bruit, m'a prise contre lui.

C'est rien, mon Éva, c'est rien. Tu sais bien que Cloé est un peu abrupte. Tu as le chômage partiel, c'est l'essentiel. Et je suis là. Je veille sur toi.

Je me suis laissée aller contre lui, j'ai dit Idem. Je veille sur toi.

Cette sensation, inespérée, de sécurité.

Sécurité, quand tout était si inquiétant… C'était bizarre. Je ne vivais pas les choses comme j'aurais dû les vivre. Les vivre sans Jimmy. Il m'a dit que lui, pareil, grâce à moi, à ma présence, il se sentait en sécurité.

Il est retourné à son télétravail, je me suis signé une attestation « Activité physique » pour marcher une petite heure.

J'ai eu l'impression de vivre dans une fiction. Héroïne d'une série télévisée. Ça donnait du souffle à ma sortie.

J'ai regardé plus fort que d'ordinaire. J'ai écouté plus fort.

Les gens, les lieux. Comme si je regardais mieux, comme si j'entendais mieux.

Les restaurants du quartier, tous fermés. La tristesse des rideaux baissés. Les rues presque vides, sans voiture, à part les voitures de police, les voitures de pompiers, les ambulances. Sans voitures, avec oiseaux. Oui, les chants des oiseaux. Ils chantaient quelque chose de triste et de joyeux en même temps, une mélodie mélancolique, un air printanier, ensoleillé. Ils arrivaient à faire tout ça à la fois, les oiseaux. J'ai eu l'impression qu'ils chantaient ce que je ne savais pas dire.

Des gens m'ont demandé des pièces, « pour manger », c'est ce qu'ils disaient. J'étais sortie sans porte-monnaie, juste ma carte d'identité et l'attestation de sortie, je me suis sentie honteuse, et me suis promis de ne pas recommencer.

7. Les rêves de Jimmy

Jimmy et moi, on s'entendait si bien.

Le matin, il me racontait ses rêves, en prenant son café, j'y voyais un signe d'intimité, de complicité, de confiance. On ne raconte pas ses rêves à n'importe qui. Il faisait des rêves fantaisistes, avec des choses impossibles dans la réalité, un loup qui l'appelait au téléphone pour lui demander la méthode pour devenir gentil, ne plus manger aucune brebis, devenir végétarien ; un dictateur qui renonçait au pouvoir pour mettre sa fortune au service de son peuple ; un président qui reconnaissait avoir menti, présentait ses plus plates excuses, promettait de réparer du mieux qu'il pouvait, et de ne plus se représenter ; des parents qui reconnaissaient avoir été maltraitants, s'en excusaient profondément, demandaient pardon à leurs enfants, idem pour des conjoints se confondant en excuses et en regrets pour le mal qu'ils avaient causé. Ce genre de rêves. C'était si plaisant à entendre, ç'aurait été si plaisant que ce soit « pour de vrai », comme disent les enfants, c'était si gorgé de bienveillance, d'humanisme, de bonté… que je me demandais parfois si Jimmy ne se fabriquait pas ses rêves avant de s'endormir, pour me les raconter au matin. Mon besoin de rêver avait peut-être déteint sur lui ?

J'aimais l'écouter, rêver avec lui.

Moi, je faisais des cauchemars. Je ne lui en parlais pas, pour que le cauchemar ne devienne pas réalité. J'ai appris à être superstitieuse, toute petite. S'il pleut avant que j'arrive à la maison, ma mère va me frapper. S'il pleut après mon retour, elle oubliera peut-être. J'étais terrorisée par ma mère, je préférais confier au destin, à la pluie et au beau temps, la survenue de ses fureurs.

Mon cauchemar récurrent, dès le début du grand confinement : que Jimmy n'existe pas, et Jeff non plus. Oui, j'avais fini par me décider pour Jimmy, mais Jeff revenait parfois en rêve, pour me dire qu'il n'existait pas. Alors je me collais à Jimmy, à sa peau, je la respirais, il existait, et moi aussi. L'autre cauchemar, plus agréable, presque un rêve, c'était que je n'existais pas, que j'étais dans le rêve de quelqu'un d'autre, comme le personnage d'un film, d'un livre. J'existais dans le rêve du rêveur. Je pouvais disparaître au matin, comme tous les rêves dont on ne se souvient pas, ça n'avait pas d'importance. C'est la présence de Jimmy à mes côtés qui me donnait envie de me réveiller, de sortir du rêve du rêveur.

Je ne racontais pas ces rêves à Jimmy, je ne voulais pas l'inquiéter, je ne voulais pas qu'il soit le rêveur dont je n'aurais été qu'un personnage de rêve, aussitôt rêvé, aussitôt oublié. Un matin, un petit matin, entre sommeil et réveil, j'ai entendu Jimmy chuchoter à mon oreille « Tu rêves… Tu rêves, Éva, et tu crois à tes rêves… » Il m'a semblé qu'il déposait un baiser sur mes lèvres, ou bien c'était dans le rêve, je me suis rendormie.

Le matin je télé-travaillais pour Cloé, même si j'étais en chômage partiel — elle m'avait demandé de la dépanner, ayant du mal à tenir seule « la boutique », elle appelait ça comme ça. Puis je préparais le déjeuner, me réjouissais de ce moment du repas avec Jimmy, il me racontait son travail, les contacts qu'il avait eus dans la matinée. J'aimais sa voix. Et ses regards sur moi. J'existais.

L'après-midi je marchais, signais mon attestation, et je marchais dans le quartier, veillant à ne pas dépasser le kilomètre. Je regardais. La pauvreté. Tous ces gens qui dormaient dehors, de plus en plus nombreux, et qui appelaient à l'aide : « J'ai faim ! » J'en avais le cœur retourné. Je donnais des pièces, je donnais à manger, du pain le plus souvent.

Les premiers jours, je donnais des pièces de cinquante centimes, puis j'ai trouvé ça ridicule. J'ai vu, dans les timbales des SDF les pièces de un centime, deux centimes, cinq centimes... Vous faites quoi avec cinq centimes ?

J'ai rempli mes poches de pièces de un ou deux euros, et de billets de cinq euros, quand j'en avais.

Un policier m'a arrêtée, dès le premier jour, il trouvait que je ne faisais pas de l'activité physique mais de la promenade. Il n'y avait pas de case promenade sur l'attestation. Voir des gens qui dorment dehors, vous appelez ça de la promenade ? Moi pas. Mais je ne lui ai pas dit ça. Sa collègue policière est venue à ma rescousse, elle m'a dit : « Circulez ! Rentrez chez vous, tout de suite ! »

Je suis rentrée en prenant le chemin des écoliers, il me restait trente minutes sur mon attestation.

Après la marche, j'embrassais Jimmy, on faisait tous les deux une petite pause-café, il me demandait ce que j'avais vu pendant ma marche. Je lui disais, les gens qui dorment dehors, le soleil qui s'en fout, le chant des oiseaux.

Il retournait dans la chambre, pour télé-travailler. Le mot me donnait toujours l'impression qu'au lieu de travailler il allait regarder la télé.

Je m'installais sur le canapé, je lisais.

Des livres déjà lus et que je redécouvrais. Des livres qui sentaient mon enfance, mon adolescence. Maupassant, Mauriac, Gide, Vian, Prévert... Des livres que mon père m'avait conseillés... puis déconseillés : il ne me sentait pas assez mûre pour les comprendre — ou pas assez intelligente ? Je n'étais pas sûre de ce qu'il entendait par « mûre ». Je les avais donc lus presque en cachette, et je les avais compris, du moins je crois, du moins à ma façon. Je n'avais pas pu me séparer de ces livres-là. J'aimais relire, retrouver les émotions de la première lecture, découvrir les sensations de la nouvelle lecture. Parfois je passais de l'un à l'autre, d'une nouvelle de Maupassant à un chapitre de Mauriac, ou de Gide, de Vian, ou à un poème de Prévert. Comme une femme qui n'arriverait pas à se décider sur le choix de son amant, ou qui les voudrait tous, n'en abandonner aucun pour les garder tous.

Entre deux pages, entre deux livres, je rêvassais. Somnolais un peu, réparais ma nuit de ses cauchemars

— rêves où je n'existais pas, où Jimmy n'existait pas. Le pire, c'était quand Jimmy n'existait pas.

En fin d'après-midi je demandais à Jimmy, à quelle heure il comptait cesser son travail-télé, pour prévoir le dîner. Il préférait s'arrêter tôt (« Là, tu vois, ça sert plus à rien, c'est juste du remplissage de mails. »), pour préparer le dîner avec moi. Avec l'attestation « Achats, produits de première nécessité », on faisait les courses pour le dîner, en se tenant à distance dans la rue, au cas où la police, très présente dans le quartier, nous arrêterait — pour ne payer qu'une seule amende, et que l'on n'embête pas Jimmy à cause de l'adresse, même si je lui avais signé un papier attestant que je l'hébergeais.

On a été contrôlés tous les deux près de l'épicerie, on a fait comme si on ne se connaissait pas, le policier a touché nos attestations, nos cartes d'identité, et nous a dit de circuler, on s'est retrouvés un peu plus loin, en gardant la distance. On ne voulait pas entendre parler de « distanciation sociale », Jimmy et moi. Ces mots nous faisaient froid dans le dos. Distance physique, d'accord, *because* transmission possible du virus, gel, lavage de mains, tout ça, d'accord. Mais distanciation sociale, non. C'était déjà là, pas besoin d'en rajouter.

À vingt heures, j'entendais les applaudissements aux fenêtres, les gens applaudissant les soignants pour les remercier de leur dévouement. C'était touchant, un peu inquiétant, j'applaudissais dans ma tête, en écoutant la radio.

On préparait le repas ensemble, c'était doux.

On écoutait les infos à la radio, le nombre de morts, c'était dur.

La douceur l'emportait, il était là.

On changeait de station de radio, on écoutait de la musique.

On dînait en paix.

Il était là.

8. De bons clients pour la bestiole

Les jours ont défilé, une semaine entière, dix jours... Quelque chose me tracassait, je le sentais surtout la nuit, entre deux rêves, et le matin au réveil.

Le reste du temps, je savourais la présence de Jimmy, une petite joie de chaque instant, même quand il était occupé à son travail. Il était là.

Cloé me demandait de plus en plus de boulot, malgré le chômage partiel, comme c'était ma patronne et la sœur de Jimmy j'avais du mal à dire non.

C'était un travail de relecture et de corrections, pour des ouvrages professionnels, des écrits techniques, des journaux d'entreprise, etc. C'était parfois intéressant, parfois rebutant, souvent fastidieux. Elle me demandait aussi de corriger ses mails, ses courriers, ses contrats. Elle avait des soucis avec l'orthographe, la ponctuation, le vocabulaire. Elle voulait profiter du grand confinement pour prendre de l'avance sur les parutions futures.

Un matin Jimmy m'a dit : « Tu n'as pas à supporter tout ça, dis-lui non, dis-lui gentiment mais fermement. Ou bien dis-lui simplement que c'est interdit par la loi, travailler et toucher le chômage partiel, et que tu respectes la loi. »

Je n'ai pas voulu l'affronter au téléphone (Cloé s'exprime souvent de façon si véhémente, si volubile, si fatigante, que l'on peut avoir envie de lui dire oui, juste pour qu'elle se taise) ; je lui ai envoyé un mail, en insistant sur le fait que je tenais beaucoup à respecter la loi, que c'était important pour moi, et en ajoutant tout plein de bons souhaits pour elle. Je suis plus à l'aise à l'écrit, on ne peut pas me couper la parole.

Donc ce quelque chose qui me tracasse. Débarrassée du mail à Cloé, je décide de m'en occuper, tandis que Jimmy travaille dans ma chambre.

Confinement, je n'avais jamais employé ce mot-là avant, je savais ce que ça voulait dire, ça ne me serait pas passé par la tête de l'utiliser. Il fait désormais partie du quotidien de milliards de gens, partout sur la planète.

Comment mes parents vivent-ils ce grand confinement, ainsi baptisé par le gouvernement ? Je décide de rappeler ma mère ; comme je n'ai pas pris de ses nouvelles depuis mon dernier appel, je risque d'être mal reçue… D'être à nouveau cataloguée comme mauvaise fille, égoïste, tout ça. Oui, je pense beaucoup plus à moi depuis que Jimmy est entré dans ma vie.

Si j'ai bien compris ce qu'on dit aux infos, mes parents sont de bons clients pour la bestiole... J'ai envie qu'ils vivent, le plus longtemps possible, le mieux possible. Mais à distance.

Est-ce qu'on n'est pas tous de bons clients pour la bestiole ? On est tous de bons clients pour la mort, tôt ou tard, même si on préfère plus tard.

Je prends une tasse de thé, respire un grand coup et j'appelle mes parents, sur leur téléphone fixe. Je pense à Jimmy, depuis qu'il est là, rien de grave ne peut m'arriver, c'est comme une protection, infaillible.

Je voudrais que ce soit mon père qui décroche, pour une fois. Rien qu'une fois. Qu'elle soit partie faire les courses ou sous la douche, et qu'il décroche, entendre sa voix, même si c'est pour dire « Ça va, ouais, ça va, je me débrouille », je n'espère pas de lui de grands discours, juste l'entendre.

C'est ma mère qui décroche, comme toujours. Après, elle lui fera son rapport. Il critiquera ce rapport, mal foutu, elle aura mal retenu les détails de la conversation, mais il ne m'appellera pas, on a sa fierté. Ou son indifférence.

— Éva ? Enfin ! Je me demandais si tu nous pensais déjà morts !

— Ben, j'ai déjà appelé, ça fait quoi ? Une semaine, dix jours…

— Ça laisse le temps de mourir. On aurait pu être en réa !

— J'aurais été prévenue, je crois. Écoute, je ne vous appelle pas pour me disputer, comment tu vas ? Comment vous allez ?

— Mal. Très mal.

— Mal comment ? De l'inquiétude ?

— De l'angoisse ! J'aimerais bien avoir de l'inquiétude. Je respire mal, j'ai mal à la gorge, je tousse, je me sens fébrile.

— Appelle le 15…

— Tu veux m'envoyer en réa, c'est ça ?

— Non, je veux que tu prennes soin de toi. Si tu es inquiète, appelle le 15, tu seras sans doute rassurée.

— Tu pourrais venir me voir, plutôt que de m'envoyer en réa.

— J'ai pas le droit de me déplacer. Et papa, ça va ?

— Toujours pareil… Il n'est pas très bien non plus, mais lui, c'est dans la tête. Il a peur d'avoir le virus.

— Tout le monde en a peur, c'est normal…

— Hein ? T'as peur, toi ?

— J'ai pas peur pour moi, j'ai peur pour les autres.

— Ne viens pas me voir, même si tu as une dérogation, tu pourrais nous l'apporter, reste chez toi !

— Oui… Tu manges bien ? Tu dors bien ?

— Je mange trop, je dors pas assez. Je mange mal, je dors mal. T'as de la chance d'être aussi insouciante. Tu sais pas que tu vas mourir, toi aussi.

— Si, si, je sais ça, on mourra tous. Même ceux qui ne sont pas encore nés, ils mourront aussi. On n'y peut rien. Dis-moi si tu as besoin de quelque chose…

— La paix, je veux avoir la paix, ne plus entendre ces histoires de virus.

Je n'ose pas lui proposer de moins écouter les infos, de ne pas écouter mon père non plus, ce serait contre-productif, comme on dit. Donc je ne dis rien. À part :

— Repose-toi, pense à des choses qui te font plaisir… Le jardin, le soleil, les fleurs.

Bonne idée. Elle me raconte son jardin, ses fleurs, ses plantes. Le plaisir de s'en occuper, de profiter du soleil, puis de faire une petite sieste à l'ombre…

— Le jardin, la nature, c'est la vie, Éva, tu ne connais pas ça, toi ! La communion avec la nature, c'est ce qui enrichit, ce qui…

Je n'écoute pas trop la suite. C'est fatigant. Sa voix se fait enjouée, dynamique, comme quand j'étais petite et qu'elle m'expliquait la vie, parce que moi, je n'y comprenais rien, à la vie ; elle, elle savait. Dans ces moments-là mon père se taisait, comme souvent. J'aurais bien aimé qu'il m'explique la vie, de temps en temps. Qu'il me parle.

Elle ne va pas si mal que ça. Ça me fatigue et ça me rassure. Soudain :

— J'ai des choses à faire, Éva, je te laisse, surtout reste chez toi !

Et clac !

Le son sec du téléphone qu'elle raccroche.

Jimmy près de moi fait mine d'applaudir. Rapproche ses mains en douceur, sans bruits.

Bravo ! dit-il.

Hein ? Il applaudit à quoi ? Il n'est pas vingt heures, c'est pas l'heure d'applaudir les soignants. Au discours de ma mère ? À sa façon de m'expliquer la vie puis de me congédier ?

Non, non.

Bravo pour ta patience, ma chérie.

Je suis troublée qu'il m'appelle ainsi, ma chérie. Personne ne m'a appelée comme ça, avant lui.

Et toi ? Je lui demande, tu n'appelles pas tes parents, ta famille, t'as pas envie, c'est ça ?

— J'ai pas tellement envie, mais je l'ai fait quand même, quand tu faisais ta marche. Ça va, ils se débrouillent bien. Ils se plaignent un peu, pas trop. Ils ont peur. Je ne sais pas si je suis la bonne personne pour les rassurer. Ma sœur y arrive beaucoup mieux. Quand c'est Cloé qui leur parle, ils boivent ses paroles, quand c'est moi ils doutent. Si elle leur dit « Ça va bien se passer, restez confinés, appelez-moi quand vous voulez », ils sont rassurés, ils se disent « Elle est tellement bien, notre Cloé, si forte ». Si c'est moi qui dis la même chose, ça compte pour du beurre, ça n'existe pas, alors je ne leur dis plus grand-chose.

C'est vrai qu'elle a une assurance, Cloé, on se demande où elle va la chercher.

La douceur de Jimmy, ses doutes, sa patience, me rassurent beaucoup plus.

On vit notre vie de confinés.

De temps en temps un appel de l'extérieur, connaissances, amis… Un appel rapide, avec la sensation que l'autre au bout de fil se demande si on est encore en vie.

Puis cet appel.

Cet appel-là, tandis que Jimmy «travaille-télé », il préfère dire les choses dans ce sens-là.

9. Invente-moi !

Je reconnais le prénom. Il est enregistré sur mon téléphone.

Répondre ? Ne pas répondre ?

Je m'inquiète pour elle. Comment va-t-elle ? Elle qui semble si forte, ou qui joue à l'être. Les forts peuvent être fragiles.

— Emma… Comment ça va ?

Pour l'instant, c'est ma voix qui est fragile. Ma sœur m'a si souvent prise pour une brindille, qu'à force j'ai fini par le croire. Un souffle de vent pouvait me faire m'envoler. C'était avant Jimmy.

Je ne suis pas devenue forte, surtout pas, je n'en voudrais pas, je me méfie de la force. Je n'ai peut-être jamais été brindille, c'est l'idée qu'on m'a mise dans le crâne. Je n'en veux plus, plus jamais.

Je me sens déterminée. Ça me fait du bien, je n'ai pas souvent été très déterminée.

— Je m'inquiète beaucoup pour toi, Éva, vivre ce confinement, seule, dans ton petit studio, tu risques de décompenser…

— De dé… quoi ?

— De devenir dingue, déjà que t'es fragile.

— C'est pas un studio, c'est un deux pièces, et toi ? Comment tu le prends, ce grand confinement ?

— Moi, tu sais, je trouve ça important de se comporter en citoyenne, de respecter les règles, de ne mettre personne en danger. Ça ne me coûte pas, moi je trouve ça normal, et puis j'ai tellement de choses à faire, la maison, le jardin… Et puis, avec Hadrien on s'entend si bien, on prend le temps de longues conversations, de se retrouver… À part pour les courses, que je ne fais plus qu'une fois par semaine, ça ne change pas grand-chose. Moi, je ne comprends pas les gens qui se plaignent, on doit être solidaires. Moi je ne me plains pas, je suis solidaire.

Ouais, solidaire avec jardin, grande maison, c'est peut-être plus fastoche que solidaire à six dans un trois pièces, sans balcon, non ? Hadrien, avec un H, ça fait plus chic, c'est son mari, plutôt soumis, bonne pâte en tout cas, qui ne la contredit jamais, ou bien dans sa tête. Emma est d'habitude très douée pour m'agacer avec ses leçons de vie, leçons de morale, moi je, moi je, comme si elle était un modèle à suivre. Là non, je souris en découvrant que je l'observe, par sa voix, en restant calme. Moi, je… Mais toi, c'est toi, ma grande, tu permets qu'on ne soit pas toi ?

— Tant mieux, Emma, je suis contente pour toi, profite bien de ton jardin, du soleil, tout ça… Je t'embrasse.

Je ne m'en tire pas trop mal pour une fois, j'ai évité la répétition de la leçon de morale. J'aimerais bien savoir ce qu'Hadrien, toujours avec un H, pense de tout ça. Ce H ne lui va pas, c'est une lettre dure, or il ne l'est pas ; réservé, oui, n'osant pas exprimer son avis, sauf à demi-mots, demi-regards, demi-soupirs. C'est son problème ; s'il est heureux avec Emma, tant mieux.

Ils se connaissent depuis longtemps, ils n'ont pas d'enfant, par choix ou pas ? Je ne sais pas. Il a perdu sa mère quand il était tout jeune. Emma est peut-être devenue sa mère ? Il est peut-être devenu son enfant ? Je n'en sais rien. Emma dit qu'ils forment « un très beau couple », elle aime bien me dire ça, je ne sais pas pourquoi. Elle y tient beaucoup. C'est un peu comme si elle étalait un diplôme, pour se rassurer. Alors que. Si t'as le diplôme, t'as pas besoin de le rappeler à tout bout de champ, tu sais que tu l'as, c'est bon ; un diplôme de quoi ? De femme qui a réussi sa vie, son couple ? C'est pas le genre de diplôme que j'aimerais avoir.

Parfois (souvent) j'ai l'impression qu'Emma se raconte des histoires sur sa vie, son couple, sa famille, sur moi aussi, et qu'à force de se les raconter, elle y croit, dur comme fer. La preuve : je suis une brindille, prête à « décompenser », tandis qu'elle est ce roseau qui plie mais ne rompt pas. Elle m'a raconté cette vision d'elle-même, un autre jour, dans une autre leçon de morale, elle aime les références littéraires, comme si ça la rendait plus intelligente, alors que ça la rend plus scolaire.

Je ne lui ai jamais dit cela, comment je ressentais ses leçons, ses jugements, son besoin de me dire qu'elle est plus haute que moi, en plus d'être plus solide. Ça servirait à quoi ? La renforcer dans ses idées, la blesser... ? Ne pas faire de mal, je suis terriblement attachée à ça.

Je suis quand même contente de moi, j'ai réussi à raccrocher avant la deuxième leçon de morale, voire la troisième...

Jimmy s'approche de moi, me prend dans ses bras. J'avais mis sur haut-parleur, car le son n'était pas bon, il a tout entendu. Je n'ai rien à lui cacher.

— C'est qui, Emma ?

— Ma sœur.

— Elle te parle mal ! C'est une connasse, ta sœur !

— Nan... elle est juste chiante. Elle s'est mise en tête qu'elle était très intelligente, très douée pour un tas de choses, tout ça, et que moi pas.

— Et cet Adrien, c'est qui ?

— Hadrien, avec un H, elle y tient beaucoup — lui, il s'en fout. C'est son mari. Ils ont une grande maison, un grand jardin, elle trouve que le grand confinement c'est bien.

— Ils n'ont pas vu la misère dans les rues ?

— Non, ils n'habitent pas des coins comme ça, ils ont vu qu'il fallait faire la queue devant certains magasins.

— Ils ont bien supporté ?

— Ouais ! Ce sont de bons citoyens. Ils ne se plaignent de rien. Ils donnent 20 euros au Secours populaire tous les ans, preuve qu'ils sont solidaires. Je plaisante, je n'en sais rien, ils donnent peut-être aux Restos du cœur, ou peut-être à personne, je ne sais pas, c'était une mauvaise blague. En tout cas Emma se sent solidaire à trois mille pour cent.

— Bref, ta frangine te gonfle ?

— C'est bien résumé !

— Tu ne lui as pas parlé de moi ?

— Pas eu le temps, elle comprendrait pas, j'aurais droit à une autre leçon de morale, « C'est qui, ce type ? Tu le connais à peine, et d'où il vient ? » Pire, elle penserait que je t'ai inventé pour faire l'intéressante, que je lui raconte des histoires.

— Invente-moi, Éva ! Ton prénom me fait penser à cette femme, la première femme, inventée dans un roman, un roman très célèbre, il paraît que c'est le roman le plus vendu au monde, peut-être pas le plus lu. Tu as un prénom romanesque, tu sais… Invente-moi, Éva, invente-moi dans tes bras, viens !

Je l'ai inventé, il m'a inventée.

Sur mon lit, doucement, j'ai inventé sa peau, il a inventé la mienne.

J'ai inventé son corps, il a inventé le mien.

On a inventé le plaisir, tous les deux, ensemble.

On s'est réveillés, tout étourdis.

Puis il a éclaté de rire.

— On s'est réinventés, comme dit l'autre !

Réinvention du grand confinement.

10. La liste de mes défauts

Emma m'a rappelée le lendemain, à la fois autoritaire et attentionnée, un mélange bizarre.

— Je me fais du souci pour toi, il faut que tu te prennes en main, que tu réagisses, que tu te secoues, tu dois te sentir très seule, très isolée, avec ce grand confinement…

— Merci, ça va, Emma, ça va. Je ne me sens pas du tout seule, pas du tout isolée. Et toi ?

— Moi, j'ai beaucoup de ressources, je jardine, je bricole, je suis très créative, je vais de l'avant. Toi, tu es plus…

— Plus quoi ?

— Je veux dire, tu es moins…

— Moins quoi ?

— Moins forte, plus fragile, tu n'es pas créative, tu as besoin de soutien.

Ben, si mon soutien c'est le tien, je suis mal barrée, j'ai pensé. Puis ma sœur m'a fait la liste de ses qualités, qu'elle connaissait par cœur, à force de l'avoir répétée, intérieurement, extérieurement. Et, en creux, en très léger creux, tellement c'était transparent, la liste de mes défauts. Ce qu'elle avait, je ne l'avais pas, et inversement : ce que je n'avais pas, elle l'avait ! La créativité donc (elle y tenait beaucoup), l'esprit pratique, la rationalité, l'intelligence, la subtilité, la sensibilité, l'altruisme, la bonté… Après, ça se répétait, elle employait des synonymes pour redire les mêmes choses. J'ai eu envie, comme toujours, de lui dire qu'elle oubliait une de ses qualités, à ajouter à sa liste : la modestie. Je me suis abstenue, comme toujours.

J'ai trouvé ça très triste de vouloir à ce point se sentir supérieure, surtout dans la période si dangereuse de ce grand confinement. On mourra tous, créatif ou pas, plein de qualités, bourrés de défauts, on crèvera tous, ma grande, d'un virus ou d'autre chose. J'ai pas été assez motivée pour le lui dire, ça n'aurait servi à rien, sauf à la renforcer dans ses idées. J'ai pensé que j'aimerais bien mourir quand j'aurais fini de vivre, ni plus ni moins. Comme on aime se réveiller quand on a fini de dormir, ni plus ni moins.

— Tu es trop seule, Éva ! Trop isolée, trop dans ton monde, il faut que tu aies des contacts ! Que tu sortes de ton isolement, que tu te confrontes à la réalité, que tu fasses face, que tu, que tu....

Ainsi de suite, la leçon de vie.

J'ai laissé la leçon couler un peu au creux de mes oreilles, puis j'ai fait face.

— Emma, ça va, je vais bien, je ne suis pas isolée, je suis bien accompagnée, je t'embrasse.

Je ne sais pas si elle a répondu quelque chose, j'ai raccroché.

J'avais à nouveau laissé le téléphone sur haut-parleur, seule façon pour que Jimmy fasse connaissance avec ma famille.

— Fais face ! Il m'a dit. Fais face, sors de ton isolement, sois créative comme ta sœur !

Il avait bien compris la leçon, lui aussi. Il a dit ça en rigolant, en faisant le clown. Le ton, ça change tout. De la leçon de vie, il faisait un sketch comique. J'ai applaudi avec les yeux.

On a rigolé tous les deux, il a fait semblant de me donner des tapes sur les fesses, pour m'apprendre à sortir de mon isolement, des tapes sur les joues pour m'apprendre à être créative. Des tapes qui se terminaient en caresses, en baisers, en étreinte. Je me sentais si bien avec lui, en sécurité. Ma créativité, à moi.

Il est retourné à son travail-télé, je suis retournée à la préparation du repas, j'étais contente qu'il soit gourmet, j'apprenais à faire la cuisine. Alors que pour moi seule je n'avais jamais vu l'intérêt. Pour lui, pour nous deux, c'était devenu un plaisir.

S'il n'avait pas été là, j'aurais pleuré après ce coup de fil, comme souvent avec ma sœur, avec ma mère.

Je ne veux pas qu'on m'explique la vie, je veux qu'on m'aime. Et si on ne peut pas m'aimer, ça ne se décide pas, je veux qu'on me comprenne. Et si on ne peut pas me comprendre, c'est peut-être difficile, je veux qu'on me parle gentiment. Et si on ne peut pas me parler gentiment, parce que je n'attire pas la sympathie, ou parce que ce n'est pas donné à tout le monde de parler gentiment, qu'on me parle normalement. Et si on ne me peut pas me parler normalement, qu'on ne me parle pas.

Je veux ces choses-là depuis le berceau. Infoutue de les formuler. Jusqu'à présent.

Jimmy, quelqu'un qui m'aime et me comprend.

11. L'ESCARGOT

Le même jour, c'est Cloé qui m'a appelée. J'étais anxieuse quand j'ai vu son nom s'afficher, elle n'avait pas répondu à mon mail — celui où je lui disais que je voulais respecter la loi et ne pas cumuler chômage partiel et télétravail.

Je n'ai pas mis sur haut-parleur, Jimmy était concentré sur son ordinateur. Et il n'avait peut-être pas envie d'entendre sa sœur. Avant de décrocher j'ai attrapé un papier et un stylo, me suis installée à ma table, comme à un bureau. Cloé, c'est synonyme de boulot.

— Éva, ça ne va pas ! C'est pour ça que je t'appelle.

— Qu'est-ce qui ne va pas ? Le grand confinement… ?

— Je te parle de toi, Éva, c'est toi qui ne vas pas, le grand confinement n'est pas une excuse pour te laisser aller. J'ai besoin de soutien ! Je ne t'ai pas embauchée pour que tu te regardes le nombril.

— Je me regarde assez peu le nombril. Enfin je crois…

Je suis surprise par mon audace, je n'avais jamais osé contredire Cloé, je sais qu'elle déteste ça. D'habitude je la laisse dire, ce qui lui donne l'impression d'avoir raison ; et ce qui m'enferme dans une espèce de soumission : qui ne dit mot consent, paraît-il — c'est faux : qui ne dit mot n'ose rien dire, en tout cas pour moi.

— Tu te fais des illusions, Éva, tu ne te connais pas toi-même : tu es centrée sur toi, tu ne réalises pas que j'ai besoin de toi, que tu pourrais m'être utile. Mais tu te replies, tu te replies… Tu ressembles à un escargot.

— Ah ! Je ne sors que quand il pleut ?

— Non, tu restes dans ta coquille, même quand il pleut. La preuve, tu refuses de bosser alors que ça te ferait du bien. Tu serais utile, au lieu de te replier. Je t'en veux beaucoup de n'être pas venue à ma soirée d'anniversaire, moi qui fais tout pour toi, pour te sortir de ta coquille. En plus j'avais parlé de toi à mon frère, il avait envie de te connaître.

— Tu lui as dit que j'étais un escargot ? Il aime les escargots ?

— Arrête Éva, tu m'énerves ! Qu'est-ce qui te prend ? C'est le grand confinement qui te monte à la tête ? T'es devenue insolente. J'ai besoin que tu sois responsable !

Traduction de responsable, en langage Cloé : docile. C'est vrai que les escargots n'en font qu'à leur tête. Font ce qu'ils veulent de leur tête, ils la cachent, la sortent, la sortent à moitié, au gré de leur fantaisie. Le corps des escargots ne me fait pas très envie, mou, flasque, pas très joli, mais pour le reste, la coquille, la fantaisie, la maison sur son dos, c'est plutôt une bestiole sympathique.

Jimmy serait peut-être contrarié qu'elle ne se souvienne vraiment pas de ma présence à sa fête d'anniversaire, je préfère ne pas lui en parler. Ou bien il rigolerait, il dirait : « C'est du Cloé tout craché, elle n'a pas voulu te voir ce soir-là, tu n'es pas assez importante à ses yeux ; si tu étais mariée à un homme riche ou qu'elle juge important, un peintre, un écrivain, un chef d'entreprise, elle serait très fière que tu sois venue, laisse tomber, ne tiens pas compte de ce qu'elle raconte. »

— Qu'est-ce que tu attends de moi, Cloé ? Dis-moi.

— Je t'ai déjà répondu : être responsable.

— Oui… et concrètement, qu'est-ce que tu attends de moi, maintenant ?

— Quelqu'un de responsable sait ce qu'il a à faire. Il doit être autonome.

Traduction d'autonome en langage Cloé : faire un tas de travail qui ne rentre pas dans mon cahier des charges, en sachant que de toute façon ce ne sera pas assez, ou pas assez bien fait et que « Je ne vois pas pourquoi tu t'es mêlée de faire ça, je ne t'avais rien demandé, et c'est pas pertinent ». Et il faudrait que je prenne des initiatives, alors que je préfère prendre le soleil, et du bon temps avec Jimmy…

— … Bon, je ne sais pas quoi te dire. Je suis en chômage partiel, je n'ai pas le droit de travailler.

— Tu ne sais pas quoi me dire, et bien moi je sais.

— Tu sais quoi ?

— Je sais quoi te dire.

Elle laisse un temps. Qui devrait être interminable si j'étais quelqu'un de normal, si je ne savais pas Jimmy travaillant dans la chambre à côté, si je n'étais pas une espèce d'escargot, si je n'en avais pas ras le bol des petits jeux de Cloé. Mais non, j'attends.

— Je sais très bien quoi te dire, Éva.

— Oui…

— Je mets fin à ton contrat.

— … Quoi ?

— Tu as très bien entendu, puisque je ne peux pas compter sur toi, je mets fin à ton contrat.

— C'est autorisé ? Comme ça, sans raison ?

— La raison, je viens de te la dire, je ne peux pas compter sur toi, tu n'es pas autonome, tu n'es pas responsable.

Elle oublie « pas créative », mais je ne le lui fais pas remarquer. Je l'entends soupirer, à fond, comme un cheval. Je n'ai jamais entendu le soupir d'un cheval, mais j'imagine que c'est à peu près ce bruit-là. Surtout un cheval épuisé, après une course d'obstacles.

— C'est tout à fait autorisé. Tu touches le chômage partiel pendant le grand confinement, je ne peux pas faire autrement, ensuite tu te débrouilles, tu cherches un autre poste. Je t'aime bien mais je ne pourrai pas te faire de lettre de recommandation, c'est contraire à mon éthique : si je mets fin à ton contrat, je ne peux pas te recommander à quelqu'un d'autre, question d'éthique, oui. J'espère que tu comprends.

— Je comprends que tu me fous à la porte, Cloé, je comprends ça, moi.

— Tout de suite les grands mots ! Je mets fin à ton contrat, parce que tu n'es pas la bonne personne pour moi. Écoute, on va en rester là. Bon courage.

Clic.

Elle a raccroché.

J'entends le cliquetis du clavier de l'ordinateur de Jimmy. Ça fait comme une petite pluie, douce.

Ne pas le déranger avec ça, il sera toujours temps de lui en parler.

Je ne sais pas trop à quel point il tient à sa sœur ; il m'a parlé d'une personne autoritaire « qui sait toujours tout sur tout ». Il m'a dit l'autre jour, en riant : « S'il y a un truc que tu ne sais pas, t'appelles ma sœur, elle a réponse à tout. »

Bon, c'est sa grande sœur, il l'aime quand même un peu. Comme moi avec Emma, c'est ma sœur, je l'aime quand même.

Je signe mon autorisation de sortie, j'ai envie de rajouter la case « Oubli », mais je ne suis pas sûre que les policiers comprendront, ils ont pourtant des choses à oublier, eux aussi.

On a tous des choses à oublier.

Non, le mieux, ce n'est pas d'oublier mais de se souvenir sans que ça fasse mal. Il n'y a pas de case pour ça.

Je coche « Activité physique ».

Il pleut, ça tombe bien. J'aime quand le temps est en accord avec moi. Quand il pleut, ça ne se voit pas si on pleure un peu. J'ai l'impression de pleuvoir, c'est doux.

De nouveaux matelas dehors, à même le sol, des gens couchés sous la pluie.

Des gens sans matelas aussi, à même le trottoir.

Et celui-là, que je connais un peu, à force. À force de le voir là, sur cette bouche de métro. Il m'a dit qu'il s'appelait Gaby, qu'il était malien, qu'il voulait rentrer chez lui, rentrer à Bamako. Gaby, Gabriel, le nom d'un ange, un ange sur une grille de métro, ô Gaby, tu veux que je te chante ton pays ? Que je te chante Bamako ? Je chante si mal, Gaby, si mal. Je n'ai pas le courage de t'acheter à manger aujourd'hui, je te donne cinq euros, comme ça tu choisiras. Tu es épuisé, tu n'as pas le courage de discuter, tu dis merci. À tes pieds, des pièces de un ou deux centimes. Ils croient quoi, les gens ? qu'on peut s'acheter à manger avec des pièces de un ou deux centimes ? J'ai honte pour eux. J'ai honte pour moi, je suis si chanceuse à côté de toi, et je ne te donne que cinq euros. Tu redis merci, j'ai les larmes aux yeux, en plus de la pluie.

Ce soir, dans mon lit, je penserai à toi, Gaby, sur ta bouche de métro. J'espère qu'il ne pleuvra pas, cette nuit.

Ce soir, je penserai à Jimmy, près de moi, si proche.
Sa peau, sa chaleur, son souffle, sa voix.
Cette nuit, je serai consolée de tout.

12. Même pas mal — tout effacer !

Jimmy est venu vers moi dès mon retour.

— Tu es trempée, ma chérie ! Tu es sortie sous la pluie ?

— J'avais besoin de marcher… Je ne suis pas en sucre.

— Hein ? Comment ça, t'es pas en sucre ?

— Le sucre fond sous la pluie, moi non, tu vois.

Il m'a prise dans ses bras, m'a réchauffée.

J'aurais tant voulu que quelqu'un prenne Gaby dans ses bras, le réchauffe, et lui donne à manger. J'étais si chanceuse par rapport à lui, un toit, des bras… Même si chômage et rupture de contrat.

J'ai soudain réalisé que j'avais oublié de préparer à manger. Cloé et Gaby m'avaient trop perturbée.

Jimmy a rigolé, devant ma mine déconfite quand j'ai dit : « J'ai pas pensé au dîner. »

— T'es pas à mon service, Éva, on va aller au restau. Ah ! Zut, les restaus sont fermés, je vais aller chercher un truc, je m'en occupe ! Une pizza, ça te va ?

Oui, ça m'allait très bien. Il est sorti, j'ai mis la table.

Sur mon ordinateur, dans ma messagerie, la rupture de contrat. Cause économique. Ça veut dire quoi ? Que Cloé ne pouvait plus me payer, tellement ses affaires allaient mal ? Ou bien c'est la case qu'on coche dans ces cas-là parce que la case « Licenciement abusif » n'existe pas, la case « Je supporte pas cette nana », non plus.

J'ai imprimé le message, la preuve de ma « Rupture de contrat », comme elle dit, mon foutage à la porte. Foutage à la porte n'existe pas, j'ai le droit d'inventer. J'ai le droit aussi d'être en colère contre cette putain de connasse de merde de Cloé, mais je suis polie, je gomme les mots qui me viennent, avec la petite gomme au bout du crayon à papier, puis je souffle, pfff... Les petits morceaux s'envolent, disparaissent, ce n'était rien, ce n'était rien. C'est juste très embêtant que Jimmy soit le frère de cette pouffiasse qui m'a super-exploitée, maltraitée, avant de se rendre compte que je ne servais à rien — pas la bonne personne au bon endroit, comme elle dit.

Très en colère. Je répète Putain, putain, putain !!! en pensant à tout ce que j'ai fait pour elle, pour sa boîte. Terminer à pas d'heure, emmener du travail pour le soir et le week-end… et toutes les nuits où je cauchemardais que Cloé me foutait à la porte. Ce n'est plus un cauchemar, c'est une réalité.

Jimmy s'approche de moi, « La pizza est prête, ma chérie, toi aussi ? »

Je dis oui.

Lui dire que sa sœur est une putain de salope ? lui dire maintenant ou plus tard ? ou jamais ?

La pizza sent bon, croustillante, agréable pour sa texture, pâlichonne pour son goût, on ne peut pas tout avoir. Il me dit que la pizza est bonne, sans plus. Donc avec moins, je traduis. Je hoche la tête.

— Tu ne vas pas trop fort… tu as eu ma frangine au téléphone ?

— Comment tu peux deviner ça ?

— À ta figure, ma chérie. Cloé au téléphone, ça te fout le moral à zéro. En vrai aussi, ça te fout le moral à zéro. Et rien que d'y penser, moral à zéro.

Il semble m'autoriser, alors j'éclate, lui dis que sa frangine est une putain de salope de connasse de merde. La preuve : elle me congédie sans motif valable, après des années de dévouement. De dévotion ? De soumission. C'est moi, la conne, servitude volontaire, je me suis fait dévorer de mon plein gré, de quoi je me plains ? j'avais qu'à me révolter. Oui, mais me révolter, c'était être foutue à la porte un peu plus tôt. Je m'en veux. Je m'excuse. Désolée, Jeff, je sais que c'est ta frangine, tu n'y peux rien.

Oui, ça m'a échappé, je l'ai appelé Jeff, c'est difficile de décider entre Jeff et Jimmy. Dans cette colère-là, ce besoin de réconfort, Jeff lui va mieux, je ne sais pas pourquoi, je ne cherche pas à savoir. Jeff, Jimmy, prends-moi dans tes bras.

Ce qu'il fait, en essuyant mes larmes, en me caressant le dos, la tête, le cou. Douce, douce caresse dans le cou. Je me calme. Ce qu'il est doux, Jimmy… Si j'avais dû l'inventer, je l'aurais inventé comme ça, doux à mourir, à se réjouir de mourir dans ses bras. Mais il veut que je vive. Je n'avais jamais connu quelqu'un qui ait très envie que je vive. Non pas que les autres voulaient que je meure, pas forcément, mais ils n'en avaient pas grand-chose à faire, que je sois vivante, morte, ou à moitié vivante, à moitié morte. Pour Jimmy, c'est vivante. Il me veut vivante. Je me serre contre lui, respire un grand coup. J'aurais fait pareil avec Jeff, mais Jimmy c'est plus doux, ça lui va mieux. Son sourire, délicieux.

— Ça va mieux, ma chérie ? Là, là, ça va aller… ma sœur est une conne, elle aime le pouvoir, le pouvoir de nuire. Ça ne raconte rien sur toi, ça raconte sur elle. Sa malveillance, son sentiment de supériorité. Tu es si loin de ça, toi, c'est pourquoi elle t'a maltraitée. Elle a cru qu'elle pourrait, mais elle ne peut pas, tu es plus forte qu'elle ne le croit. Tu trouveras un autre job, il n'y a pas d'urgence, le chômage te protège, tu feras un travail où tu te sentiras respectée. Où tu te plairas. Parce que franchement, avec Cloé, c'était de l'esclavage… Tu es une belle personne, Éva, je t'aime, je t'aime fort, on va se faire une belle vie, toi et moi…

J'ai fondu, me suis laissée aller contre lui.

Loin de Cloé, cette garce. Cette petite mouche, ce moustique qui voulait juste se faire plaisir, se nourrir de mon sang. T'es rien, Cloé, juste une bestiole qui a voulu me piquer. Même pas mal.

Je vais m'endormir contre mon Jimmy. Tu n'existeras plus, Cloé, à part sous forme de vague souvenir, le vague souvenir d'une sacrée garce qui m'aura bien pourri la vie, avant de disparaître.

On a tous le pouvoir de faire en sorte que les gens existent ou n'existent plus. Cloé n'existe plus, j'ai décidé.

Dans mon lit, tandis que j'entends la respiration de Jimmy endormi, j'imagine un grand tableau d'écolier, celui de mon école primaire où j'ai un peu souffert. Sur ce tableau, il y a des dessins à la craie blanche, des dessins qui représentent ce que j'ai subi avec Cloé, ses reproches, ses critiques, ses dévalorisations, il y a des dessins abstraits, très confus, des espèces de gribouillages, il y a aussi comme une sorte de bande dessinée qui représente des moments vécus avec elle, jusqu'à ce dernier coup de téléphone.

Il y a sur le rebord du tableau une grande éponge, toute mouillée, avec un côté qui gratte. Je prends l'éponge à pleine main. L'eau dégouline le long de mes doigts, sur mon poignet, et, de tout mon cœur, j'efface. J'efface, j'efface, j'efface. J'efface tout.

Quand le tableau est tout propre, tout brillant, tout beau, tout neuf, je repose l'éponge.

13. Est-ce que j'ai une gueule à m'appeler maman ?

On s'en doutait, mais il restait justement un doute.

Ce jour-là, à la radio, les autorités, comment appeler ça autrement ? les autorités sont claires : prolongement du grand confinement. Jusqu'à quand ? On verra. Les autorités nous diront ça au fil du temps, selon le virus, la recherche scientifique, le système de santé, tout ça. Pas si claires que ça, en fait.

Si j'avais été seule, confinée seule, après rupture de mon contrat avec cette salope de Cloé, j'en aurais pleuré. Là non.

Pour Jimmy ça ne change rien, travail-télé.

Pour moi, ça change que je ne peux pas postuler à un autre poste.

Et pourquoi pas ? me dit doucement Jimmy à l'oreille. Tu as du temps pour prospecter, te renseigner, trouver un job qui t'ira mieux…

Hein ? On sera des millions au chômage, après le grand confinement, et j'ai peu d'atouts.

— Tu te dévalorises ! il me dit. Tu as appris à faire ça, te dévaloriser. Change de point de vue. Tu as des compétences, des qualités… Et des diplômes.

J'écoute quand même. Il faut dire que c'est plutôt plaisant à écouter.

Je me renseigne tandis qu'il travaille-télé. Pôle emploi est fermé mais accessible via l'Internet. Je m'inscris péniblement — c'est compliqué. On me donne un rendez-vous par téléphone, d'ici-là je dois rassembler tel et tel document, une lettre de motivation, un projet concret, tout un bazar…

Je suis découragée, je m'autorise ma sortie du jour, activité physique, parce qu'il n'y a pas de case « s'aérer l'esprit », ni de case « allez tous vous faire foutre avec vos procédures administratives et vos dérogations à la con ».

Dans un sac, je fourre un paquet de gâteaux, une bouteille d'eau, du gel hydro-alcoolique, du pain, une boîte de thon en conserve, une serviette de toilette, un savon, et des biscuits salés. Il n'y a pas de case « Gaby », tant pis.

Il fait si beau. Le soleil me taquine, me demande d'être joyeuse. Je le suis : il y a Jimmy dans ma vie.

Je cherche après Gaby, je sais où le trouver. Il a son coin, sa grille de métro.

Il n'est pas là. Il n'y a plus qu'une vieille couverture sur la grille du métro. On lui a volé le reste. Où es-tu ? J'aimerais tant que tu sois à Bamako, Gaby, avec ta famille. Soudain :

— Maman ! Maman, je suis là !

Est-ce que j'ai une gueule à m'appeler maman ?

Il est là, Gaby, devant moi. Il m'a reconnue, il a surgi. Je lui donne le sac, il me remercie, Merci maman, t'es gentille avec moi, maman.

Maman, ça veut dire « prendre soin » ? De rien, je lui dis, bon courage, et je rajoute le billet de cinq euros que j'ai gardé exprès, pour qu'il s'achète ce qu'il veut.

Il est en mauvaise santé, il lui manque des dents, il fait peine. Il pourrait être un bel homme si le sort en avait décidé autrement, une belle stature, un beau sourire. Il est un bel homme. Je suis sûre de ça, d'un seul coup, il est un bel homme, il faut juste le deviner. Il me redit merci, Merci ma belle !

J'ai deux statuts, ma belle et maman. J'accepte les deux, au revoir Gaby, bon courage.

Je termine mon activité physique. Je marche vite, chasse les pensées, sauf celles qui concernent Jimmy. Qu'est-ce qui lui ferait plaisir pour le dîner ? Qu'est-ce qui lui ferait plaisir pour l'amour ? Qu'est-ce qui lui ferait plaisir pour la vie ? Je préfère penser à l'amour.

Qu'est-ce qui me ferait plaisir, à moi, comme travail ? Qu'est-ce que je vais raconter à Pôle emploi ? Je me coache moi-même, tout en marchant, comme si un coach professionnel me posait des questions. Vous savez, ces questions-là qui vous mènent à vos propres réponses. Pas de jugement, on peut répondre des imbécilités, Je voudrais être distributrice de douceur, et que ça soit sincère, je veux être libre, surtout ça, libre et tant pis si ça dérange les autres, je veux me libérer des chaînes du passé… Et ainsi de suite. Ça se pense tout seul, en regardant les arbres, en écoutant les oiseaux.

Si bien qu'à la fin… Merde ! J'ai dépassé l'heure. Fuir les flics et rentrer.

Je me cache dans un coin sombre et remplis mon attestation de secours, prévue exprès, au cas où.

Bien m'en a pris, un flic m'arrête au carrefour. Vérifie l'attestation, ma carte d'identité, me souhaite une bonne soirée. Ouf.

J'ai le cœur battant, comme si j'avais échappé à un grave danger. C'est ridicule, le flic n'allait pas me tuer avec son arme de service, ni me mettre en garde à vue, le pire du pire c'était une amende. Que j'aurais trouvée injuste pour quelques minutes de dépassement. Donc, donc…

Je profite de ma nouvelle attestation, marche encore, dans la limite du kilomètre. Marcher pour marcher, et pour penser à Jimmy. La chance que j'ai ! Sans lui… Sans lui que serais-je devenue ?

Il est inquiet quand j'arrive, je suis sortie plus d'une heure, il a eu peur. Il me prend dans ses bras, j'adore ça.

14. Circulez !

Tandis que Jimmy travaille-télé, je prépare mon dossier Pôle emploi. J'ai l'impression de bosser pour Cloé, tellement je suis motivée. Sauf qu'elle ne me jugera pas. Je peux écrire ce que je veux.

Je veux quoi ?

Un travail suffisamment intéressant où l'on gagne suffisamment d'argent, même si c'est pas beaucoup. Mon œil de correctrice réagit aussitôt : répétition ! Répétition d'un mot pas très encourageant. Suffisamment, c'est avoir assez à manger pour ne pas mourir de faim, pas assez pour se régaler. Suffisamment, c'est survivre. Je préfère vivre.

Stimulée par Jimmy, je refais mon C.V., « N'hésite pas à te mettre en valeur, il m'a dit, y compris dans des domaines non professionnels, tes qualités, tes qualités humaines aussi, ta créativité, tout ça… »

Je déteste le mot « créativité », à cause de ma sœur, elle en est douée, pas moi, selon la légende. Comme c'est Jimmy qui l'a prononcé, je le perçois autrement. Mes qualités ? Discrète, effacée, prudente, dévouée, un peu pigeon sur les bords, prête à se sacrifier. Mes qualités humaines ? Savoir être mal vue par mon entourage, considérée comme un être fragile, maladroit, mal adapté au monde-tel-qu'il-est (j'ai compris la leçon depuis le temps), un être mal bâti pour... pour survivre.

Personnellement, je ne m'embaucherais pas avec des qualités qui ressemblent trop à des défauts. Je devrais être découragée à fond, pourtant je rigole en lisant le désolant portrait que je viens de tracer de moi, sur mon petit ordinateur portable, et dans ma tête.

Même pas grave, il y a Jimmy dans ma vie. Et Jimmy n'aimerait pas se confiner avec une nana aussi peu intéressante, donc ce portrait n'est pas juste, CQFD.

Quelqu'un qui vous aime, c'est la preuve que vous êtes aimable. C'est la première fois dans ma vie que j'ai une preuve.

Pendant la pause déjeuner, je demande à Jimmy quelles sont mes qualités, à son avis. Il sourit.

— Allez, dit-il, prends un papier, un crayon, je te fais la liste.

Je crois qu'il plaisante, mais non, il va lui-même me chercher feuille et stylo, les dispose à côté de moi, près de mon assiette. J'écoute.

— Éva, ma chérie, pour moi tu es quelqu'un de très sensible, de très empathique, qui comprend bien les gens. Tu es quelqu'un d'intelligent — beaucoup plus que tu ne le crois, je sais, je sais, tu ne t'en rends pas bien compte. Tu es quelqu'un de confiance, sur qui l'on peut compter, et c'est une magnifique qualité, tu es quelqu'un d'imaginatif, de créatif en ce sens-là, pas dans le sens de ta sœur ou de Cloé, tu as une imagination très riche. Tu es quelqu'un de poétique.

— Hein ? Poétique ?

— Je te trouve poétique. Je ne sais pas trop pourquoi, sans doute ton côté mystérieux, secret, tout un monde intérieur… Désolé, je m'exprime mal. Ah ! oui, j'oubliais une de tes qualités, très importante, en tout cas pour moi : tu es quelqu'un de logique. Tu aimes comprendre, tu n'aimes pas les raisonnements qui n'en sont pas, ceux qui sont fondés sur des préjugés, des pseudo-intuitions, tout ça. Tu as un très bel esprit critique, ça ne plaît pas à tout le monde, c'est pourquoi tu as souvent eu des soucis avec les gens… enfin, à mon avis. Tu es gentille, attentionnée, délicate — c'est pourquoi tu t'es souvent fait avoir, à mon avis aussi. Voilà ce que je pense, ma chérie, tu as tout noté ?

— … Nan… pas eu le temps…

Pas eu la présence d'esprit non plus, tant j'étais surprise.

Quelqu'un qui pense vraiment du bien de moi. C'est donc possible.

Je bafouille Merci, merci Jimmy. Tu veux un fruit ?

Oui, il veut un fruit, un fruit et un baiser. L'homme le plus tendre du monde. Comme dans un film, comme dans un livre, comme dans un rêve.

Après le fruit, le baiser, le café, il retourne travailler-télé.

Me voici toute chamboulée par la liste de mes qualités, que je reconstitue de mémoire sur un papier. Ça me donne de l'énergie pour reprendre ma recherche de travail, et mon dossier Pôle emploi. J'écris, j'écris, je cherche, cherche encore, d'un site à l'autre, je commence une lettre de motivation, je la corrige comme si je travaillais pour Cloé, puis comme si je travaillais pour moi.

Ce que m'a dit Jimmy m'a donné des ailes, même si je sais qu'il exagère, qu'il a placé un filtre bleu devant ses yeux pour me regarder.

Je ne vois pas le temps passer.

Tout à coup.

— Tu ne sors pas aujourd'hui, ma chérie ?

Je sursaute. Ah ! oui, j'ai oublié mon activité physique autorisée. Il n'est pas trop tard.

— Tu viens avec moi, mon Jimmy ?

— *Yes* !

Son sourire me ravit. Comme cet homme est ravissant…

On se signe chacun son autorisation. Si j'avais pu faire ça au lycée pour sécher la gym, j'aurais été plus heureuse au moins une fois par semaine. Je n'étais pas « une battante » et la prof de gym aimait les battantes ; j'étais contente qu'elle ne m'aime pas, ça m'aurait inquiétée. Mais ça me compliquait la vie, la gym, et toutes les moqueries que cette femme faisait à mon sujet, parce que j'étais « perdante ».

On sort, mon amoureux et moi, je me le dis comme ça, pour la première fois. Il me prend le bras, se tient près de moi, me dit qu'il est content que je sois là, qu'il est bien avec moi, que je mets du soleil dans sa vie. Je dis « idem », comme dans un film ; puis je dis « pareil », puis je dis « moi aussi ». Puis je ne dis rien, je suis trop heureuse pour parler.

On marche, on regarde le ciel, on écoute les oiseaux avant qu'ils aillent se coucher, on s'achète de quoi se faire une dînette, on respire l'air du soir… et on se fait arrêter par les flics.

On ne les a pas vus venir, tellement on était bien avec les oiseaux, l'air du soir, tout ça. Nos attestations sont conformes, mais ce qui ne va pas c'est que l'on a un sac de courses, alors qu'on a coché « Activité physique ».

— Faut savoir, messieurs dames : ou bien vous sortez pour les courses, ou bien pour l'activité physique, vous n'avez coché qu'une case.

— On peut en cocher deux ? réagit Jimmy, comme un gosse à qui on annoncerait que l'on peut avoir fromage et dessert.

Le flic s'agace. Commence à sortir un papier de contravention. Je me rappelle la liste de mes qualités, tout juste à temps.

— Écoutez, monsieur, je suis désolée, on est sortis pour l'activité physique, et je me suis rendu compte qu'on n'avait rien pour le dîner tellement on a travaillé toute la journée sur nos ordis, j'en ai profité pour acheter quelque chose à manger. Je comprends que c'est pas facile pour vous, vous faites un métier si difficile, si fatigant… J'espère que vous serez bientôt chez vous.

— Hummmm… fait le flic. Non, je travaille jusqu'à minuit. Allez, circulez ! Et ne recommencez pas : c'est activité physique ou achat, pas les deux.

— Merci monsieur, bon courage…

Il hoche la tête.

— Circulez !

On circule, on ne demande que ça, de circuler, loin des voitures de police.

Quand le flic est déjà hors de vue, je m'étonne.

— C'est un drôle de mot, ça, circulez, tu ne trouves pas, Jimmy ?

— Si, si, et c'est grâce à toi qu'il l'a dit, allez viens, circule !

Il me prend contre lui, m'embrasse dans la rue. Je l'aime. Aucun doute, je l'aime. Je l'aime et on circule, lui et moi.

J'ai envie qu'on circule longtemps, lui et moi.

Quoi qu'il en coûte.

15. Le jardin improvisé

La radio nous rappelle qu'il faut applaudir à 20 heures, à la fenêtre. On essaie, on n'y arrive pas, on se sent mal à l'aise. Sans Jimmy j'aurais peut-être réussi à applaudir pour obéir, obéir au message de la radio, comme j'ai si longtemps obéi à Cloé. À la fenêtre, regardant le ciel, Jimmy exprime exactement ce que je pense : « Les soignants méritent beaucoup mieux que des applaudissements : de bonnes conditions de travail et un salaire décent. » Ou bien c'est le journaliste à la radio qui vient de dire ça ?

Jimmy se dit de plus en plus las de son travail-télé, il a l'impression que ça ne sert plus à rien, qu'il bosse sans aucun retour sur son travail, il soupçonne ses chefs de s'être tous planqués, dans leurs lieux de vacances. Il rigole, improvise un sketch, rien que pour moi, avec le ton, la gestuelle.

— Oui, ce sont des gens qui ont le choix, tu vois : un petit manoir à la campagne, une gentilhommière dans un coin très charmant, une villa sur la côte, un mas en Provence, ils ont plein de noms pour désigner leur refuge. Résidences secondaires, mais solidaires ! La pauvreté leur fait monter les larmes aux yeux, ils sont trop sensibles, ils préfèrent s'éloigner. Solidaires mais en veille : ils me surveillent, après la grasse mat et avant l'apéro. Si je n'ai pas été « assez actif » sur l'ordinateur, j'ai un rappel à l'ordre. Mais aucun retour sur le travail que je produis. Je ponds des pages et des pages, je bosse, et on me répond juste : « Vous n'avez pas été très actif aujourd'hui. » Pas très actif, ça veut dire qu'ils ont vu que j'avais commencé à huit heures quinze au lieu de huit heures, que j'ai fait une pause de soixante-cinq minutes au lieu de soixante. Mais quand je me déconnecte de leur putain de truc à vingt heures au lieu de dix-huit heures, ça passe inaperçu. J'arrête de me décarcasser, je ne suis pas utile, je brasse du vent, je vais juste respecter leurs horaires à la con, leurs horaires de connexion, faire semblant de bosser en tripotant le clavier de temps en temps, en bougeant la souris de l'ordi, écouter de la musique, bouquiner… C'est pas bien, ma chérie, je suis nul, je m'en veux… Attends ! il faut que je m'active sur l'ordi, pour faire croire que. Je m'active deux minutes et je reviens !

Oui, son ordinateur possède un « mouchard », il appelle ça comme ça, un système qui enregistre s'il est « actif ».

Il est revenu deux minutes plus tard, m'a embrassée, « Je préfère être actif comme ça ! »

J'étais inquiète pour lui, ce manque de reconnaissance et cette surveillance lui pesait beaucoup, donc à moi aussi. Ça n'a pas duré longtemps, sa boîte l'a mis en chômage partiel pour recevoir les aides de l'État.

Soulagement. On s'est sentis presque en vacances, on est sortis le matin pour faire les courses, l'après-midi pour l'activité physique, le reste du temps on faisait la cuisine, on parlait, on riait, on écoutait de la musique, on lisait, on était bien. Il manquait juste le jardin, alors j'ai mis mon ficus au milieu du salon, pour faire jardin. J'ai installé deux chaises autour du ficus, pour faire terrasse. On a lu dans le jardin, on a pris du thé, du café, du vin, dans le jardin.

Jimmy qui aimait bien le dessin, quand il était plus jeune, s'est remis à dessiner, il a dessiné mon jardin improvisé, la rue, les gens, les tristesses, les inquiétudes, les joies minuscules. Les chants des oiseaux, les arrestations en pleine rue, les policiers nous demandant nos attestations, les sans-abris sur le trottoir… il y avait beaucoup de choses à dessiner.

Je l'ai vu parfois s'éloigner pour écouter un message, j'avais peur que ce soit ses chefs, dans leur manoir ou leur gentilhommière, lui demandant de reprendre du service, malgré le chômage partiel. Ou que… ?

Je craignais aussi qu'une ex-amoureuse profite du grand confinement pour réaliser à quel point il lui manquait, et cherche à le reconquérir.

Je ne me suis pas précipitée, c'est après plusieurs coups de fil, plusieurs moments où je l'avais vu s'isoler pour répondre, et vu revenir l'air soucieux, que j'ai demandé :

— Il se passe quelque chose ? Tu peux me dire, si tu veux… Si tu préfères garder pour toi, dis-moi.

— … C'est délicat…

Délicat ? Ah… ? L'ex-amoureuse ? Oui, c'était délicat, en ce cas… Et douloureux pour moi.

— Une femme qui t'appelle, Jimmy, c'est ça ?

— Oui… enfin non, deux femmes. Deux femmes qui veulent me parler, j'écoute les messages, je réponds pas, je rappelle pas.

— Deux femmes… Deux femmes avec qui tu as… tu as une histoire ?

Son sourire m'a surprise. Inquiétée et rassurée, les deux à la fois, c'était bizarre.

— Oui ! Une longue histoire ! Une histoire qui date de ma naissance. Ma mère, ma sœur. Elles me harcèlent pour que je leur donne des nouvelles, et je fais le mort. Ma mère pense que j'ai fait des conneries, que je suis parti à l'autre bout du monde, ou je ne sais quoi d'autre, elle aime se faire des films. Ma sœur espère que je sois mort de l'épidémie, ça lui permettra d'avoir une plus grosse part d'héritage. Je plaisante.

— Tu veux pas leur répondre ?

— Non, trop compliqué. Il faudrait que je leur dise où je suis, que je m'explique ; je ne veux pas leur rendre de compte. J'en ai assez qu'on me prenne pour le bébé qu'il faut surveiller, qui ne sait pas se débrouiller. Quand je me suis installé en coloc, elles en ont fait un drame, elles voulaient que j'habite chez ma mère, sous prétexte qu'il y a plus de place chez elle — et pour me surveiller. Marre qu'on me surveille ! Que ce soit mes patrons, la famille, marre qu'on me surveille ! Ras le bol, tu comprends ?

— *Yes* ! Je déteste ça. Et je connais Cloé, la surveillance est une deuxième nature chez elle.

— Voire une première. Quand j'étais petit, elle rapportait tout à ma mère. Jimmy a fouillé dans son nez ! Jimmy n'a pas fini ses devoirs ! Jimmy a fait ci, Jimmy a fait ça. Insupportable.

— Tu pourrais les rassurer toutes les deux par un petit texto…

— C'est fait. C'est fait depuis longtemps. Je leur ai écrit que j'étais vivant. Que j'allais bien, n'avais besoin de rien. Si elles m'aimaient vraiment, ça pourrait leur suffire.

— Pas le genre de Cloé. Pour ta mère, je sais pas.

— Ma mère, c'est le même genre : vouloir tout savoir, tout connaître de toi. Savoir mieux que toi ce qui est bon pour toi, tout ça. Tu vois ?

Je vois très bien, ça me rappelle quelqu'un. Je suis tellement rassurée de savoir que ce ne sont pas des ex-amoureuses qui le harcèlent. J'ai l'impression d'avoir échappé à un danger. Sauf si…

— Dis, elles vont pas chercher à te voir ?

— Ben… Si. Si, c'est ça le problème.

16. Jubile !

C'était bien le problème, Jimmy était tout embarrassé, content de m'en parler. Sa mère avait décidé de venir le voir, dans le petit appartement où il était colocataire avec un ami. Il avait textoté que c'était interdit, à cause du grand confinement. Elle avait répondu, par message vocal (il n'avait pas voulu lui répondre, être pris dans l'engrenage de la conversation). Il avait frissonné en l'écoutant.

« Je ne fais rien d'interdit, je vais voir mon fils qui est en danger, je me fais une attestation " Secours à personne en difficulté ". Si la police m'arrête, je dirai que tu es malade, que je viens te soigner. Et tu sais que je présente bien, on me croira. Je prends un taxi, pas envie d'attraper le virus dans les transports en commun. À bientôt, tu as intérêt à être là ! »

— T'en pense quoi, Éva ? Pas du tout envie de prendre un taxi, moi aussi, pour être là quand elle arrive.

— Elle arrive quand ?

— Je sais pas, je viens d'entendre son message, je ne sais pas si elle est prête à partir… Elle va tomber sur mon coloc et sa copine.

— Appelle ton coloc.

— C'est fait. Il ne m'a pas répondu, et il n'écoute pas ses messages. Je lui ai fait un texto et un mail pour lui dire de ne pas ouvrir si quelqu'un sonnait à l'interphone, que ce serait ma mère, et qu'elle ne serait pas sympa avec lui si elle voyait sa copine et le bazar dans l'appart. Oui, c'est toujours moi qui range, qui fais le ménage, j'imagine que c'est le bordel depuis que je ne suis pas là, sauf si sa copine a pris le relais.

— Tu peux rien faire d'autre, Jimmy. Elle verra que tu n'es pas là, c'est tout. L'essentiel, c'est qu'elle te sache vivant, en bonne santé.

— Ouais, mais… Mais il y a l'autre.

— L'autre ?

— Cloé.

Rien que d'entendre ce nom-là, je ne me sens pas bien.

— Qu'est-ce qu'elle peut faire, Cloé ?

— Venir aussi, dès que ma mère lui dira que je ne suis pas là, harceler mon coloc et sa copine, insister, sonner jusqu'à ce qu'il réponde, camper devant la porte, aller au commissariat pour déclarer ma disparition... Elle est capable de ça, Cloé.

— Je sais. Bon, ben qu'elle fasse tout ça. Tu risques quoi ?

— Qu'elle remonte jusqu'à toi. Elle a forcément ton adresse.

— Elle n'imagine pas une seconde que tu puisses être là, elle pense que je ne suis pas venue à sa soirée d'anniversaire, elle me l'a reproché, elle ne se souvient pas que je suis venue, tellement j'ai été discrète — ou tellement elle ne me voit pas. Elle ne sait pas qu'on se connaît. Quant à mon adresse, elle est tellement bordélique avec les papiers qu'elle ne doit pas se souvenir où ça peut être noté.

— C'est forcément noté sur tes bulletins de paye.

— Elle me les envoyait par mail... Une seconde, je vérifie.

Je cherche dans mes papiers, la chemise « Salaires », non, pas d'adresse sur mes bulletins de paye, mon nom et mon numéro de Sécurité sociale.

Jimmy semble rassuré un instant. Pas longtemps.

— Elle est capable de me faire rechercher, ma mère aussi.

— Et ton père ?

— Il s'en fout, il va faire semblant de les écouter pour avoir la paix. Elles vont faire une sorte de conseil de famille, il hochera la tête de temps en temps, ne donnera pas son avis, pas par lâcheté, mais parce qu'il n'en aura pas. Il les laissera faire. Il aura juste hâte que ça se termine. Il faudrait qu'elles décident de me tuer pour qu'il leur dise : « Vous y allez un peu fort. » Elles ne veulent pas me tuer, elles ont des convictions morales : tuer les gens, ça se fait pas ; alors ça ira. Donc je ne sais plus quoi faire : si j'y vais, c'est la guerre, elles vont me sauter dessus, exiger que je me confine chez ma mère, où il y a plus de place — rien qu'à l'idée de retourner dans ma chambre d'enfant, j'ai envie de dégueuler, excuse-moi… Je veux être avec toi ! Je suis bien avec toi. Personne ne m'a fait autant de bien que toi, toi je te choisis. Ma famille, j'ai pas eu le choix. Et si je ne n'y vais pas, c'est la guerre aussi, mais au moins je ne les vois pas, je ne subis pas leurs leçons de morale, leur façon de dire qu'elles savent mieux que moi ce qui est bon pour moi. Si tu savais comme elles m'étouffent ! J'ai l'impression d'avoir deux mères, déjà qu'une… Pardon, je m'exprime mal, elles me stressent trop, toutes les deux. Je préfère l'indifférence de mon père. Excuse-moi, je me suis un peu emporté.

Si on s'emporte comme ça, ça me va. Jimmy sait exprimer ce qu'il ressent, ça me donne envie d'être comme lui.

— Ben alors t'as déjà la réponse. Tu n'y vas pas, tu les rassures encore, tu leur dis que tu vas bien, que tu vis ton grand confinement de ton côté, que ça te va bien comme ça, et c'est tout. Tu es un homme, pas un enfant, elles ne peuvent pas te faire rechercher par la police !

Il reste en suspens un instant, puis me sourit, en grand, en très grand.

— Ouais ! Je suis pas un bébé ou un petit frère, je vis ma vie. Ma vie avec toi. Je leur réponds de me foutre la paix une bonne fois pour toutes.

Et le voilà qui saisit son téléphone. Je lui propose de le dire gentiment, et fermement, les deux à la fois. Jimmy sait faire ça.

La preuve. Il me lit son message, à sa mère, à sa sœur :

« Merci de votre sollicitude, je n'ai besoin de rien, je suis bien. J'espère que vous allez bien, le mieux possible, dans ce grand confinement. N'hésitez pas à me dire si vous avez besoin de quelque chose, je vous embrasse. »

On se regarde, on se sourit, on attend. Pas de réponse, bonne réponse…

— Elles vont me faire la gueule pendant des siècles, tant pis, sortons ! On se signe une attestation ?

On est sortis, « Activité physique », un kilomètre, une heure, le temps de regarder les arbres chanter, d'écouter les oiseaux pousser, ou inversement, le temps de nous entendre tous les deux. J'ai eu l'impression qu'on était des arbres, des oiseaux. On était libres.

On s'est embrassés dans la rue, au pied d'un arbre.

Je me suis dit que je me souviendrais toujours de ce moment-là, des arbres, des oiseaux. Il manquait juste une rivière, mais je l'ai imaginée, alors ça allait.

Le flic qui nous a arrêtés nous a demandé si on habitait ensemble, on a dit oui. Il a vérifié nos attestations, nous a conseillé de nous embrasser à la maison, pas dehors, et nous a souhaité une bonne soirée. Puis il a ajouté : « Rentrez chez vous ! » Il faisait son métier.

La petite fille que j'étais, il y a longtemps, avec sa tristesse, ses couettes, ses envies de disparaître, cette petite fille-là, que j'avais toujours trouvée très sotte, dont j'avais eu tellement honte, mais pour qui j'éprouvais quand même une tendresse farouche, indissoluble, cette petite fille-là est venue me faire un minuscule et un immense clin d'œil, juste perceptible à travers un rayon de soleil, éblouissant, le reflet d'une flaque d'eau sur le trottoir, la sensation du corps de Jimmy près du mien. En silence, j'ai dit à la petite fille à couettes, sotte et farouche : « Tu vois, on s'en sort ! Jubile ! »

17. Il y a plusieurs positions possibles sur les trottoirs

Jubile !

Je suis rentrée avec ça, ce petit mot, dont je n'avais aucune habitude et qui m'était venu comme ça, avec les arbres, avec les oiseaux, avec Jimmy.

Jimmy, jubile, ça va bien ensemble.

Je te trouve radieuse, m'a dit Jimmy, en m'embrassant, dès la porte refermée, à l'abri des regards, obéissant au flic, Embrassez-vous chez vous.

À cette seconde-là, j'ai décidé de jubiler, quoi qu'il en coûte.

La mère de Jimmy l'a appelé, rappelé, rappelé encore. Cloé aussi. La sœur, la mère — le père, non. Elles ont laissé des messages, textoté, textoté encore. Il a écouté les messages, lu les textos, répondu poliment « Je vais bien, j'espère que vous allez bien aussi. Si vous avez besoin de moi, je serai là. Je vous embrasse. »

Là il a eu tort, je l'ai senti mais je n'ai rien dit. « Si vous avez besoin de moi, je serai là. » L'intention était bonne, mais le résultat…

J'ai besoin de toi a dit la sœur.

J'ai besoin de toi a dit la mère.

Le père n'a rien dit.

Le père laissait faire.

Ce n'était pas son affaire.

Son affaire, au père, c'était d'être tranquille.

Il se rappelait qu'il avait un fils, il se rappelait qu'il s'appelait Jimmy (ou bien Jeff ? Parfois il ne savait plus très bien le prénom de son fils, mais quelle importance ?) Il se rappelait qu'il aimait son fils, son fils bébé, son fils petit garçon, son fils adolescent, son fils adulte. Il les aimait tous. Il voulait quand même avoir la paix. C'est étrange comme le père de Jimmy ressemble au mien, ça me console un peu, je ne suis pas seule dans cette galère. Il doit bien se trouver quelque part sur la terre des pères attentionnés, affectueux, soucieux de leurs enfants, je suis sûre que ça existe. Jimmy et moi, coïncidence, on n'est pas tombés sur ce genre de père. J'ai souvent pensé que si mon père me parlait j'irais beaucoup mieux. Maintenant je n'en ai plus besoin, il y a Jimmy dans ma vie, la nuit, le jour. Et puis je préfère l'indifférence de mon père à la sollicitude poisseuse de ma sœur.

« J'ai besoin de toi. » Jimmy a pâli ce jour-là, en lisant ça. De la part de sa mère, de la part de sa sœur. Est-ce qu'elles s'étaient donné le mot ? Ce n'était pas forcément de la parano. Les gens, dans les familles, vous savez bien, ça se croit bourré de bonnes intentions et ça veut juste diriger la vie des autres, contrôler, sanctionner. Pas toujours, pas toujours, c'est vrai, j'ai entendu parler de familles où les gens étaient vraiment bienveillants, mais je n'ai pas encore eu l'expérience de ça.

— Éva, je ne peux pas les laisser comme ça, tu comprends. Elles se font du mouron.

Qu'elles fassent ! Grand bien vous fasse, les amies. Faites du mouron, du boudin, faites des saucisses, faites du miel avec tout ça, faites ce que vous voulez. Mais je n'ai pas dit ça. Jimmy culpabilisait, « J'ai besoin de toi », ça résonnait dans ses oreilles. Ne pas réagir, c'était être un salaud. On vous appelle au secours et vous ne réagissez pas ? Comment se regarder dans la glace après ça ? C'est ce qu'il m'a expliqué.

Je ne lui ai pas dit que ça ne causait aucun problème à beaucoup de gens, que certains se regardaient très bien dans la glace malgré leurs actions. Mais bon, tout le monde sait ça.

J'ai juste dit qu'il n'avait rien fait de mal, juste voulu être indépendant. Et que s'il avait besoin de les appeler pour se sentir mieux, pour les rassurer sur son soutien, il pouvait le faire… en prenant soin de lui.

Prendre soin de lui, c'était prendre soin de moi, je l'ai senti très fort, je l'ai gardé pour moi, je l'ai embrassé tendrement — ma façon de dire.

J'étais si inquiète.

Je suis sortie pour ne pas entendre les conversations, le laisser avec sa mère, sa sœur, ne pas le déranger, qu'il se sente libre de parler sans se sentir surveillé. Après tout, s'il voulait les rejoindre, c'était sa liberté même si je savais qu'il m'en coûterait beaucoup. J'étais fébrile, j'ai eu peur d'avoir chopé le virus, je tremblais presque ; et si, en rentrant il avait disparu, si je ne le voyais jamais plus ? Je l'ai embrassé à nouveau, doucement, en me demandant si c'était la dernière fois.

J'ai eu l'impression de me sauver, pour ne pas me retourner, ne pas laisser mes yeux couler.

Attestation « Courses ».

Il y avait un si beau soleil que j'ai eu l'impression d'avoir tout rêvé, que Cloé n'existait pas, sa mère non plus, qu'il n'y avait donc aucun risque de perdre Jimmy. J'ai regretté d'avoir coché « Achat de première nécessité » sur mon attestation, j'aurais dû cocher « Activité physique ». J'ai donc choisi un magasin qui était loin, à un kilomètre, pour avoir les deux, la marche et les achats.

Les gens me semblaient sortir du brouillard, malgré le soleil. J'ai essuyé mes yeux, mis mes lunettes de soleil.

J'ai marché vite, que ça ressemble un peu à de l'activité physique et pour oublier. Oublier que Jimmy peut-être, à mon retour, m'annoncerait qu'il rejoignait sa mère, souffrante. À moins que je ne trouve un mot sur la table, m'informant de son départ dans l'urgence ?

Dans le magasin, je n'avais besoin de rien, à part de Jimmy. Aucun Jimmy dans les rayons, pas de Jeff non plus. J'ai acheté de la lessive, il m'en restait mais ça peut toujours servir, du savon pour les mêmes raisons. Et des mouchoirs.

Je suis rentrée lentement, en regardant les gens. Sur les trottoirs, des gens assis, couchés, debout, à genoux, il y a plusieurs positions possibles sur les trottoirs. Et les mêmes demandes, « J'ai faim », « Quelques pièces, s'il vous plaît madame ». J'ai distribué. À nouveau j'ai senti comme j'étais chanceuse de n'être pas là sur le trottoir, quelle que soit la position, même si Jimmy n'était plus à la maison. La vie est une question de comparaison. Plus malheureux, tu trouves toujours. J'en ai trouvé plein, tout au long du chemin.

Un flic m'a arrêté devant ma porte. J'ai eu peur que Jimmy ait eu un accident. Je me suis mise à trembler — je tremble facilement, en cas d'émotion forte.

J'ai été très rassurée quand il m'a juste demandé mon attestation.

— Tout va bien, madame, vous êtes en règle, calmez-vous, on n'est pas des gens méchants, vous savez, on fait notre métier.

— Je sais, je sais… j'ai peur pour quelqu'un de proche… Bon courage, monsieur.

— À vous aussi, madame, prenez soin de vous.

On s'est quittés bons amis, pour ainsi dire, le flic et moi. Il m'a souri, fait un signe de la main avant de s'éloigner, je l'ai imité machinalement.

Puis j'ai grimpé l'escalier marche après marche, vitesse d'escargot ; et encore, d'escargot fatigué, à bout de force. Est-ce que Jimmy serait là ?

Tant que je n'avais pas ouvert la porte, tout était possible…

18. Sur l'herbe, au bord de la rivière

Je suis arrivée sur le palier, j'ai repris mon souffle comme si j'avais gravi une montagne. Une montagne de doutes, ça c'est sûr. Je me suis souvenue comme, petite fille, je me demandais si ça valait la peine de grandir, de vivre encore. Il n'y avait pas de réponse, ou tellement de réponses possibles que ça revenait au même. J'ai continué à grandir, au cas où…

J'ai sorti la clef de mon sac. L'ai approchée de la serrure. J'ai écouté à la porte… Silence.

Silence très inquiétant et très rassurant, ça pouvait être les deux. Jimmy travaille toujours en silence, mais il écoute de la musique, dès qu'il peut.

Là ? Pas là ?

Fin du rêve ?

Début du cauchemar ?

J'ouvre la porte le plus lentement possible, je rentre sur la pointe des pieds.

Silence, le même silence, inquiétant / rassurant.

Soudain, ce si léger son. Presque un bercement. Cette respiration.

La sienne.

Il est là, allongé sur le canapé, assoupi, les mains croisées contre sa poitrine, comme pour se protéger. Se protéger de quoi ?

Je le regarde. C'est beau. Il est là. Assoupi mais vivant, assoupi mais présent, en chair et en os. J'ai envie de le toucher pour vérifier. Mais ce serait le réveiller, je préfère le regarder.

Son portable est posé sur la table basse, je ne regarde pas. Sa mère, Cloé… Cloé, sa mère… Elles lui ont raconté quoi ? Elles lui ont sans doute demandé de rentrer tout de suite à la maison. Sans doute il a refusé puisqu'il est là. Ou bien il a attendu que je sois rentrée pour partir ? Me prévenir et partir ?

Non ! Ce n'est pas le genre de Jimmy de faire ça. Jeff, peut-être ? Peut-être que s'il s'était appelé Jeff, il aurait fait ça, ou peut-être pas ? Allez savoir.

Je le regarde, je prends des photos avec mes yeux, pour me souvenir toujours. C'est fou comme j'aime cet homme-là.

Je l'aime tellement que je le préfère heureux loin de moi que malheureux avec moi. Je le veux heureux. Quoi qu'il m'en coûte…

Je laisse mon sac de courses, je ne les range pas, pour ne pas faire de bruit, ne pas ouvrir le frigo, les placards. Je m'allonge sur le tapis, près de lui. En bas de lui, à ses pieds, pour ainsi dire.

Le tapis est doux. Ces doutes m'ont épuisée. Je me repose, je rêve. Je rêve du rêve où Jimmy me choisit, moi, plutôt que d'aller retrouver sœur et mère, qu'il me choisit en étant heureux, je veux les deux. Avec moi et heureux.

C'est un rêve près d'une rivière, le son de l'eau ressemble à sa respiration. Il y a aussi une petite cascade, qui coule en douceur, en silence, ce sont les larmes qui coulent sur mes joues, tandis que je me repose, ou que je rêve que je me repose. Il y a de l'herbe, c'est le tapis, au pied du canapé, au pied de Jimmy. Il y a de la musique, ce sont les petites gouttes de pluie qui frappent sur le carreau, la minuscule averse. Il y a des images, Jimmy et moi, main dans la main, l'un contre l'autre, respirant ensemble. Il y a du soleil, il y a un petit vent léger qui vient nous chahuter les cheveux, j'ai dû laisser la fenêtre ouverte. Il y a cette détente de tout mon corps, de tout mon être, l'absence de pensée, juste me laisser être. Je me dis que pour être aussi relâchée, aussi détendue, c'est sans doute que je me suis endormie. Donc je me réveille.

Je me réveille à demi, doucement. Sur l'herbe, au bord de la rivière, au soleil, après l'averse. Et au son de la respiration de Jimmy.

Il est là. Il est encore là. Il n'a pas profité de l'averse pour se sauver, ni du soleil, ni de mon sommeil.

Je me lève doucement, je range les courses, au ralenti, ne pas faire de bruit. Soudain… Ses bras autour de moi, son baiser dans mon cou. Mon Jimmy.

Il m'enlace, m'embrasse, me dit qu'il a eu peur que je ne revienne pas — ah bon ? lui aussi ? Que la conversation avec sœur et mère, mère et sœur, l'a tellement épuisé qu'il n'a pas eu le courage de retourner à son ordinateur, qu'il a préféré rêver de moi sur le canapé.

— Je faisais quoi, dans ton rêve, Jimmy ?

— Tu rêvais de moi !

— Est-ce qu'il y avait une rivière ?

— … Ben, maintenant que tu le dis, oui, il y avait une rivière.

Je me sens soulagée, même si je sais que c'est une plaisanterie. Mais rien n'empêche Jimmy d'avoir rêvé d'une rivière.

— Ta mère… le téléphone… Elle ne t'a pas demandé de « rentrer à la maison » ?

— Mieux que ça ! De rentrer à la maison « Im-mé-dia-te-ment ! » En articulant bien, tu vois, des fois que je ne comprenne pas bien le sens du mot. Elle m'a souvent pris pour un attardé.

— T'as répondu quoi ?

— J'ai fait l'attardé, pour lui faire plaisir : je lui ai dit que je n'avais rien compris à ce qu'elle me disait, que j'étais bien où j'étais, sans préciser. Je fais très bien l'attardé, j'ai de l'entraînement. Je lui ai souhaité un bon confinement et j'ai raccroché.

— Elle n'a pas rappelé ?

— Seulement dix fois. J'ai répondu trois fois la même chose, en étant de plus en plus attardé, puis j'ai mis le téléphone sur vibreur.

— Mmm… et ta sœur ?

— Pareil, des appels, pour que je rentre tout-de-suite, Tu-m'entends-tout-de-suite ! Des textos pour me traiter d'abruti. Abruti, j'aime bien, c'est plus rigolo qu'attardé, ça change de musique. Pas répondu du tout. J'aimerais bien qu'elles me croient mort, toutes les deux, au moins elles me foutraient la paix.

— Tu t'en es bien tiré, mon Jimmy, t'es soulagé ?

— Oui. Mais elles ont déclaré ma disparition à la police.

— Hein ? La police a d'autres Jimmy à fouetter, en plein grand confinement. Tu es majeur, tu as le droit de disparaître.

— Et le devoir ! Ma chérie, mon Éva chérie, j'ai le devoir de disparaître. Sauf pour toi. Et si on se confinait un peu sur le lit, pour se consoler de tout ça ? Tu veux ?

Ses mains, ses gestes, ses baisers… Bien sûr que je veux, de tout mon corps, de tout mon cœur. Il est là, le serrer dans mes bras. Sentir sa présence. Le respirer.

La mère, la sœur, la police, tout ça attendra.

Quand mon rêve est délicieux, je retarde le réveil. La réalité attendra.

19. Si c'est pas sûr, c'est quand même peut-être

La réalité attend.

Dans le même rêve que Jimmy, lovés l'un contre l'autre.

On se réveille en douceur, et on espère que ça sera toujours comme ça, les jours, les nuits, en douceur, ensemble. On sait que ce n'est pas sûr, mais c'est quand même peut-être.

Il est un peu inquiet par instants, mon Jimmy, quand son téléphone vibre. Mère ? sœur ? Police ?

Il attend le message, écoute, retourne travailler-télé à son nouveau C.V., ses lettres de candidature à un autre poste, m'embrasse au passage.

Je reçois un message de Cloé, sa frangine, mon ancienne patronne, « *Tu m'a laisser tombé, je tant veut beaucoup !* »

Je rectifie d'instinct, c'est le métier, à force d'avoir corrigé ses écrits.

« Tu m'as laissée tomber, je t'en veux beaucoup. » Je ne relis pas, j'envoie.

Puis j'ajoute « C'est toi qui m'as congédiée, je ne t'en veux plus. »

En écrivant cela, je réalise que c'est vrai, je ne lui en veux plus ; elle m'a permis de rencontrer Jimmy, même si elle ne s'en souvient pas. Et de faire le même rêve que lui. L'autre soir, en s'endormant, entre veille et sommeil, il a chuchoté à mon oreille : « Tu vois, Éva, ma sœur a au moins deux qualités : avoir fêté son anniversaire, et croire que tu n'es pas venue », puis il a plongé dans le sommeil, peut-être près d'une rivière, près de moi en tout cas.

J'éprouve un étrange sentiment de gratitude envers Cloé, bien qu'elle ait souvent été une vraie peau de vache avec moi, je lui écris aussi « Prends bien soin de toi ». Je n'ai aucun mérite, tout le monde dit ça en ce moment, tout le monde dit ça, depuis le grand confinement. Je m'aperçois que je le pense, qu'elle prenne soin d'elle, et qu'elle me foute la paix, surtout qu'elle foute la paix à son frangin.

Pas du tout, elle est têtue, cette Cloé, la mère aussi ; le père s'en fout, il veut juste avoir la paix, perdu entre ses deux acharnées qui veulent à tout prix que Jimmy revienne à la maison, leur maison, que Jimmy leur appartienne. Il le ressent comme ça, en tout cas.

Jimmy reçoit des appels de numéros inconnus. Il ne répond pas.

Puis un message vocal. Il écoute.

C'est la police nationale (Ah ! bon, il y en a une autre ?) La police qui veut de toute urgence qu'il la contacte, sa famille étant à sa recherche, ayant déclaré sa disparition.

Jimmy soupire. Il faut dire que ses soupirs sont presque aussi attendrissants que ses sourires, même si je préfère ses sourires. Puis il se précipite sur son ordinateur, concentré, attentif…

Je l'entends qui clique, clique et reclique. Les touches du clavier comme une petite musique fade et familière, au rythme hésitant, avec des silences et des accélérations. La mélodie de l'ordinateur, en clavier très mineur, en touches à peine effleurées, pourtant perceptibles, et bien moins gracieuses que la pluie qui tombe sur le toit. J'aime imaginer que ses doigts sur le clavier sont comme les gouttes de pluie. J'y arrive presque.

Ça donne quoi, sa partition ?

Ça donne :

— Ça y est ! c'est fait !

— C'est fait quoi ?

— Mon nouveau téléphone est commandé, avec un nouveau numéro que personne ne connaît ; oui, j'ai trouvé un site qui fait ça, et qui me l'envoie en urgence. On ne pourra plus me trouver, on ne pourra plus me retrouver. En plus, j'ai commandé une perruque, je pourrai sortir tranquille, on ne pourra plus me reconnaître !

Et il rigole ! Je me laisse emporter dans son rire comme dans son rêve, c'est beau comme il rêve, cet homme-là, une autre petite musique.

— Viens, Éva ! Signons nos putains d'attestations et sortons !

Je le sens joyeux, mon Jimmy, tandis que nous marchons, presque libres, avec chacun son attestation « Achats » et son attestation « Activité physique », au cas où. On montrera celle qui convient.

Il se dirige vers le canal, avec détermination, vers le pont que nous aimons bien, lui et moi. Parvenu au milieu du pont, au-dessus de l'eau, il s'arrête, me regarde. Un regard profond. Du genre « Je sais ce que je fais ». Puis il le fait. Balance son téléphone dans la flotte.

Il éclate de rire. « Fini ! Fini le harcèlement téléphonique ! Sœur, mère, police, vous ne me retrouverez pas ! »

Ce type est presque aussi cinglé que moi.

Je me dis ça, tandis qu'il m'embrasse au beau milieu du pont.

Ça, c'était l'activité physique, ensuite activité « Acheter à manger ». Une pizza, une bouteille de vin pour fêter ça.

20. Le pouvoir des fleurs

Sans téléphone, Jimmy s'est senti plus libre. Ni sœur ni mère — pour le père, ça ne changeait pas grand-chose. Pour ses amis, oui, mais il en avait peu, et tous leurs numéros étaient recopiés dans un petit carnet, au cas où. Ce qu'il est prudent, mon Jimmy, ça m'a impressionnée.

J'ai recopié tous mes « contacts », sur un calepin qui ne me servait à rien, que j'avais gardé parce que je le trouvais joli, et qui a enfin trouvé son usage. Ce fut vite fait. Peu de contacts, en fait, ça m'a laissé de la place pour faire des dessins ; Jimmy au lit, Jimmy qui réfléchit, Jimmy qui sourit, Jimmy qui lit… Tant de Jimmy en lui. Ça m'a rappelé le carnet de rêves que j'ai tenu quelque temps, et que j'ai laissé tomber parce que je mélangeais les rêves de la nuit et les rêves du jour, ça s'emmêlait. Peut-être que Jimmy était déjà dans mes rêves ?

Il a reçu un mail de la police, lui demandant de donner de ses nouvelles au plus vite, dans un commissariat, ou en contactant tel numéro de téléphone. Il a aussitôt pris une autre adresse mail.

On n'est pas sortis pendant deux jours, de peur que la sœur, la mère, la police ne nous surveillent. Aucune raison pour qu'on devine que Jimmy était confiné chez moi, mais sait-on jamais, avec les fameux « moyens techniques », tout ça, mère et sœur avaient pu le géo-localiser. La sœur surtout, car elle était plus douée en informatique qu'en orthographe.

D'ailleurs elle m'a écrit à nouveau, un texto :

Éva ! dit moi ou tu est. J'ai planter mon ordi, je n'est plus aucune adresse, donnes moi ton adresse postale, ton adressemail. Et tes fichier professionel. C'est urgent. Je comte sur toi. Donne moi d'urgence ton adresse, que je passes chez toi au plus vite.

Pas si douée que ça, ou juste étourdie, ou juste un bug informatique, très bienvenu. Cette fois, je n'ai pas corrigé ses fautes d'orthographe, juste souri, presque attendrie, en les remarquant, elle devait être bien tourmentée pour en faire autant. Je n'ai pas réagi, comme si son téléphone portable avait lui aussi beugué. J'ai fait la morte. Peut-être que la mort, c'est rêver, sans conscience que la vie continue sans nous. Une mort-rêve. Sauf que je préférerais choisir les rêves, des rêves avec Jimmy. Ou Jeff.

Troisième jour sans aucune sortie, en finissant les restes (riz, pâtes, sauce tomate, légumes surgelés...). Je décide de sortir, pour manger autre chose, pour m'aérer l'esprit. Jimmy préfère rester à la maison, *because* mère, *because* sœur, capables de tout, en plus de la police. La police lui fait moins peur que sa sœur et sa mère, il a l'impression qu'avec la police il pourrait discuter, se faire entendre.

Comme Cloé a perdu mon adresse, il me semble que je ne crains rien.

À peine sortie, à peine sur le trottoir, je sursaute.

— Voisine ! voisine ! J'ai cru que t'étais morte, je te vois plus, ça va ?

Je soupire, de soulagement. C'est Habib, mon voisin du deuxième étage, avec qui je discute un peu et qui a pris l'habitude de m'appeler voisine, dans l'immeuble, dans la rue, dans le quartier, là où il me croise.

— Oui ! oui, ça va, et vous ?

— C'est difficile pour tout le monde...

Quand Habib dit que c'est difficile pour tout le monde, ça vaut dire que c'est difficile pour lui, c'est ma traduction. Ça veut dire qu'il réalise que c'est encore plus difficile pour bien d'autres gens, et qu'on ne va pas épiloguer sur son propre sort, je suis d'accord.

Il ajoute, avant d'entrer dans l'immeuble, tandis que j'en sors :

— Je suis content de te voir, voisine. Fais attention à toi.

C'est bienveillant mais ça fout la trouille. Je lui dis : « Vous aussi, prenez soin de vous. » Il me tutoie parfois, ça dépend des jours, moi je lui dis vous, mais c'est un vous qui veut dire tu, alors on s'en fout.

Je marche en surveillant autour de moi. Sœur ? mère ? flic ?

Oui, flic.

— Votre attestation, s'il vous plaît ?

— Je vous en prie.

Je lui montre mon attestation, ma carte d'identité.

— C'est parfait, madame, mais faites attention, ce n'est pas un quartier très sécure, par ici, faites attention !

Faire attention, deuxième fois en deux minutes. Je me sens en danger.

J'ai du mal à faire les courses, qu'est-ce qui fera plaisir à Jimmy. Et à moi ? La même peur que la dernière fois, est-ce qu'il sera là ?

Je mets un temps fou à choisir. Fruits, légumes… De quoi préparer une salade de fruits, une ratatouille. Le marchand me reconnaît, me sourit. Me demande si je vais bien, ajoute : « Faites bien attention à vous. » Troisième fois. Je me sens encore plus en danger. J'articule je-ne-sais-quoi, j'évite de lui répondre « Vous aussi », ce qui le mettrait en danger.

Du pain, une bouteille de vin, des fleurs, des produits essentiels. Oui, j'ai trouvé des fleurs ! Un bouquet de roses, sur le seuil d'une épicerie. C'est cher mais tant pis, c'est essentiel. Des fleurs à la maison ! Des fleurs de toutes les couleurs, ça me paraît un beau présage. La vendeuse ne me demande pas de faire attention à moi, j'en suis très soulagée, elle me dit de prendre soin des fleurs, changer l'eau tous les jours, couper la tige tous les deux jours.

Je rentre presque contente, presque insouciante : j'ai trouvé des fleurs.

Soudain.

Cet homme face à moi, qui avance vers moi, l'arme collée à sa jambe droite. Un agent secret de la mère ? de la sœur ?

— Votre attestation !

Il oublie « S'il vous plaît, madame », c'est mauvais signe, je tente de planquer les fleurs, je mets le pain par-dessus, de façon bien trop visible. Il regarde mon papier, hoche la tête, puis… Inévitable, je l'ai bien cherché, bien mérité, il se penche vers les fleurs, que le pain ne parvient pas à dissimuler.

Son visage change. Il est perplexe. Une ou deux secondes de silence. Je pourrais aller en prison pour un bouquet de fleurs ? Non, payer 135 euros, ça fait très très cher la rose. Je voudrais articuler quelque chose, dire que les fleurs sont essentielles à ma santé mentale, mais est-ce qu'on peut dire ça à un policier ?

— Vous avez trouvé des fleurs ! Bonne journée madame.

Je devine son sourire au plissement de ses yeux, sous le masque. Je dis merci, je ne sais pas pourquoi ; merci d'avoir accepté les fleurs, je crois.

Devant l'immeuble, une espèce de peur, toute en douceur, une inquiétude. La mère, la sœur ? un autre policier ?

Non, Habib.

— T'as trouvé des fleurs ! T'es forte, ma sœur !

Je propose à Habib de lui en donner une, vu qu'il y en a plusieurs dans mon bouquet. Il secoue la tête.

— Elles seront mieux chez vous, voisine, mais c'est gentil. Bonne journée, repose-toi !

J'ai donc l'air fatigué ? Je préfère ça à « Fais attention ». Il me dit vous, il me dit tu, c'est selon. Bonne journée, voisin.

Et mon Jimmy ?

Là, pas là ?

Je suis presque sûre qu'il est là, depuis qu'il a jeté son téléphone portable dans la flotte. Presque sûre.

21. ÉCOUTER LES FLEURS

Je tourne la clef dans la serrure, très lentement. Ne pas le déranger, au cas où il dormirait ou travaillerait-télé. Au cas où sœur, mère, flic…

Je pousse la porte, au ralenti, ne pas faire de bruit — Jimmy aime beaucoup dormir.

Je sursaute. Pousse un cri.

Un homme est là, installé à la table, la chevelure rousse, longue, épaisse. Et le sourire de Jimmy.

— Alors, Éva, comment ça me va ?

La voix est la sienne. Ses gestes sont les siens. Tout va bien. C'est Jimmy qui me prend dans ses bras, Jimmy avec perruque.

— Bien… ça te va bien, il faut que je m'habitue…

— Moi aussi. Ça me donne l'impression d'être quelqu'un d'autre en restant le même.

Bonne idée, ça me fait envie depuis si longtemps : être quelqu'un d'autre en restant moi. Moi, en mieux.

Quelle couleur de cheveux m'irait le mieux ? Roux flamboyant, comme lui ?

— La perruque et le téléphone sont arrivés en même temps. Je te donne mon nouveau numéro. Hyper confidentiel !

J'enregistre le numéro de téléphone dans mon répertoire, au nom de Jeff.

— Pourquoi Jeff ? il me demande.

— Parce que comme ça, ni ta mère ni ta sœur, ni les flics ne sauront que c'est toi, si on me pique mon téléphone.

— Donc c'est mon pseudo !

— Oui, ça te va, Jeff, comme pseudo ?

— *Yes* ! C'est chouette, Jeff, ça me rappelle une chanson.

— Moi aussi, mon Jimmy, moi aussi. Il est bien, ce téléphone ?

— C'est un téléphone inconnu de ma mère, de ma sœur, c'est déjà une belle qualité.

— Et des flics aussi.

— Oui, des flics aussi… Tu crois qu'elles continuent à me faire rechercher ? Je suis majeur quand même !

— T'es majeur mais elles ont beaucoup de mal avec l'idée que tu sois libre.

— Elles vont s'y faire. Je vais disparaître…

Il fait le clown avec sa perruque, danse, chantonne, gesticule. Ça lui va bien, ce roux, flamboyant. Non, ni mère ni sœur ne pourrait le reconnaître, on peut à nouveau sortir ensemble dans la rue, avec la bonne attestation.

Il s'arrête en pleine danse, fixe mon panier.

— C'est pour qui, les fleurs ?

— Pour toi, Jimmy, pour toi Jeff. Pour toi et pour moi.

— Tu peux m'appeler Jeff, si tu préfères.

— Je préfère Jimmy. J'aime bien Jeff aussi. Quand tu auras un entretien d'embauche, tu iras avec perruque ?

— Je la trouve sympa, moi, cette perruque, et je peux sortir incognito. De toute façon, avec ce grand confinement, les entretiens sont tous par vidéo. J'en ai eu un pendant que t'étais dehors. Le gars m'a dit que mon look était original, qu'il avait besoin de gens originaux pour l'entourer, qu'il allait proposer ma candidature à ses collaborateurs. J'ai l'impression que sans cheveux roux ç'aurait moins bien marché, c'est nul, non ?

— C'est très triste. Le boulot est intéressant ?

— Peut-être… C'est pas trop mal payé et je sais faire le job. Par les temps qui courent, je peux pas être trop exigeant. Et toi ? Tes candidatures pour un nouveau job ?

— Bof. J'attends des réponses. Je vais peut-être m'acheter une perruque, moi aussi. Tu l'as achetée où, la tienne ?

Mère et sœur (et peut-être flic) ont sans doute appelé Jimmy mais comme le téléphone dormait sous la flotte, on en a rien su. Il avait changé son adresse mail, mais il a voulu consulter ce qui se passait sur l'ancienne.

Et là, catastrophe.

Mère, sœur, flic.

Et même le père, qui l'eût cru ? qui se fend d'un message : « Donne-nous de tes nouvelles. »

J'aimerais tant que mon père m'envoie un message, texto, mail… Non, quelques mots au téléphone, qu'il quitte son fauteuil, son livre, deux ou trois minutes, pour me parler. Parfois, je me dis qu'il m'aime quand même, qu'il ne s'en rend pas compte, qu'il faudra que je meure pour qu'il le réalise. J'aime bien l'imaginer à mon enterrement, plein de regrets de ne pas m'avoir parlé — mais comme je ne serai pas là pour en profiter, ça ne servira à rien.

Je suis contente pour Jimmy : son père, à lui, s'est inquiété pour lui. Pourtant il est soucieux, mère, sœur, flic à sa recherche, que faire ?

Il s'approche des fleurs, les respire, comme pour trouver l'inspiration.

— Elles sentent rien. Elles ne m'inspirent rien...

— Alors réponds rien. Écoute-les.

— Écouter les fleurs... C'est bien la première fois que j'écoute des fleurs.

— Elles disent quoi ?

— Elles me disent de disparaître, de rester tranquille avec toi.

J'ai plongé mon visage dans les fleurs. Aucune odeur. J'ai demandé à Jimmy de disparaître avec lui, il a dit oui.

Aucune odeur... ça m'a inquiétée. Perte du goût et de l'odorat ?

J'ai fait le test, ouvert le flacon d'eau de javel. Berk, quelle horreur — l'horreur d'une piscine en horaire scolaire, avec un maître-nageur qui te fout à la flotte quand tu sais pas nager.

Après quoi, deuxième test, j'ai pris une cuiller de moutarde, à pleine bouche. Hou ! trop piquant !

Jimmy a fait les mêmes tests que moi, mêmes résultats. Plus simple que d'aller au laboratoire. On s'est déclarés non contaminées par la pandémie, pour le moment.

Puis on a joué à d'autres jeux.

Je suis le recruteur, tu es le candidat, dis-moi tes motivations pour ce job. La tignasse rousse de Jimmy était un argument en soi, comment ne pas l'embaucher ?

Comment ne pas vouloir ce même roux, flamboyant ?

On a joué à d'autres jeux encore, avec sa peau, avec ses cheveux, avec tout son corps, que je connaissais par cœur. Je ne lui ai pas dit que je l'aimais, je l'ai fait.

On s'est endormis, l'un contre l'autre, son souffle sur ma peau. Preuve qu'il était là, vivant, contre moi.

J'ai imaginé l'odeur des fleurs ; c'était une odeur de printemps, de soleil, de douceur, de gaieté.

22. La visite de contrôle

Ma perruque rousse, flamboyante, est arrivée quelques jours plus tard, ça m'a rassurée. Elle me va bien ! J'ai l'impression de changer de peau, de devenir espiègle, audacieuse, affirmée, malicieuse. Jimmy me dit qu'on se ressemble de plus en plus, que l'on a déteint l'un sur l'autre.

Ni ma sœur, ni ma mère, ni Cloé ne pourraient me reconnaître.

Ma sœur, ma mère, à moi. Je les avais presque oubliées, elles me poursuivent de leurs coups de fils, messages, mails. Mon père, non, toujours dans son fauteuil, dans son livre. À lui, je répondrais, tout de suite. Elles n'ont pas compris que la seule façon de me faire réagir, ce serait qu'il me parle, lui, pour une fois.

J'ai peur qu'elles débarquent chez moi, ma mère, ma sœur, comme un duo diabolique, bien décidé à me faire la peau. Elles n'ont pas le double de mes clefs mais je suis anxieuse quand je sors… sauf avec la perruque rousse, flamboyante.

Mes voisins ne me reconnaissent pas, c'est bon signe, je suis méconnaissable. Habib me dit « Bonjour, madame », en me tenant la porte, tandis que je sors, je réponds par un signe de tête, pour qu'il ne reconnaisse pas ma voix. Ne pas me ressembler me fait beaucoup de bien.

Ma mère pleure dans son message « Tu m'as abandonnée ! En pleine épidémie, tu t'en fous que je meure ! »

Je ne l'appelle pas, sa voix me fait peur. Je réalise, sa voix m'a toujours fait peur. Toujours l'impression de ne pas avoir fait mes devoirs, mal rangé ma chambre, mal mis la table, mal tout. D'être quelqu'un qui ne vaut pas la peine.

Je lui envoie un texto pour lui dire que j'ai quitté la ville, me suis réfugiée à la campagne chez une amie et que le réseau ne passe pas.

Idem pour Emma, ma sœur qui se lamente. « Je me fais trop de souci pour toi, j'ai toujours eu peur que tu deviennes folle ! Rassure-moi ! »

J'ai envie de lui répondre que je suis folle, folle amoureuse de Jimmy, rousse, flamboyante, mais je lui textote la même chose, confinée à la campagne, pas de réseau, et j'ajoute que je vais très bien, j'espère qu'elle aussi.

Les deux réagissent vite, et de la même façon : « Où ça, à la campagne ? Avec qui ? »

Désolée, pas de réseau. Donc pas de réponse.

Mon père n'a pas quitté son fauteuil, son livre. Je me demande comment c'est, à l'intérieur de lui, ses pensées, ses sensations, ses sentiments. Si ça se trouve, il n'est pas si indifférent qu'il en a l'air, je me dis ça depuis toute petite, ça me rassure.

Ma perruque me protège, au cas où mère et sœur feraient quand même le déplacement.

On vit des jours tranquilles, Jimmy et moi, dans notre bulle.

On cherche du travail sans grande conviction, toutes les réponses allant dans le même sens : C'est pas le moment. Pas le moment d'embaucher. On garde nos lettres, nos C.V., pour après, après le grand confinement, et quand on sera en mesure de recruter. Pas pour demain donc.

On sort dans les limites des autorisations, avec attestations, en marchant côte à côte, roux et flamboyants.

On s'amuse, on rigole, on dort beaucoup, on fait l'amour, on mange bien, on parle, on est bien. Jamais été aussi bien de ma vie, il dit que pour lui aussi. On oublie tout, ou presque.

Parfois, cette inquiétude.

Ce jour-là, dans la rue, au pied de chez moi. Ces deux femmes qui s'avancent, la grande, la petite, la ronde, la menue. La jeune, la moins jeune. Je suis saisie, mais je me reprends, ne surtout pas s'arrêter, filer, continuer. Me retourner un peu plus tard, les regarder.

Ma mère, ma sœur, leur visite de contrôle. Attestation « Visite à quelqu'un en difficulté » ?

Je me cache dans un recoin, appelle Jimmy : Si ça sonne, ne répond pas ! On s'est donné la consigne depuis longtemps, mais je suis plus tranquille comme ça. Et surtout ne faire aucun bruit, pas de lumière, il faut qu'elles pensent qu'il n'y a personne.

Je suis si soulagée d'avoir ma perruque rousse, même si je ne me sens pas très flamboyante. Je quitte le quartier, mais reste dans la limite du kilomètre ; je me signe une nouvelle attestation, fais quelques courses, mais je n'arrive pas à réfléchir, à savoir ce dont nous avons besoin. Si ! un bon repas pour nous consoler de ces émotions.

Je quitte le magasin, fébrile, regard à droite, à gauche… Je me rapproche de chez moi lentement, ne surtout pas les croiser. Mère, sœur, oiseaux de malheur, qui voudraient casser mon bonheur.

J'appelle Jimmy. Elles sont venues ?

— Oui, elles ont sonné à l'interphone, j'ai pas répondu, j'ai éteint la lumière, fermé les volets. Un voisin les a fait rentrer dans l'immeuble, elles ont frappé à la porte, appelé plusieurs fois « Éva ? Éva ? T'es là ? » Elles ont beaucoup insisté puis elles sont parties. Mais fais gaffe, des fois qu'elles seraient à la porte de l'immeuble. Heureusement que tu as ta perruque !

Je fais mine de m'intéresser à une affiche posée contre un mur, près de chez moi, une affiche qui rappelle les consignes du grand confinement, comme si on ne les connaissait pas assez… Je surveille, personne…

Je me précipite dans l'immeuble.

Le hall de l'immeuble.

Je manque de défaillir. Elles sont là, toutes les deux, la mère, la sœur, en contemplation devant les boîtes aux lettres. Je file, me précipite. Claque la porte qui mène aux appartements et qu'on ne peut pas franchir sans avoir la clef spéciale. J'entends leurs voix derrière moi.

— S'il vous plaît, madame ! Madame, madame, attendez !

C'est bien la première fois que ma mère, ma sœur m'appellent madame.

Je cours, l'escalier, la porte… J'ouvre, essoufflée, dans tous mes états.

Je referme la porte à toute vitesse. M'affale sur le sol.

Mon Jimmy me prend dans ses bras, en silence, je lui fais signe de se taire, au cas où… Un voisin qui leur ouvrirait la porte à nouveau, la porte qui donne accès aux appartements. Habib est capable de ça, tellement il aime rendre service.

Je fais signe à Jimmy de se taire, au cas où elles seraient derrière la porte, la mère, la sœur, guettant les bruits. Au cas où Habib, ou un autre voisin leur aurait laissé le passage.

On attend un moment, l'un contre l'autre, en silence.

Puis soulagement. C'est fini. Elles sont reparties.

— Tu peux dire merci à ta perruque, Éva ! Sans ça, elles seraient là, toutes les deux, à me demander ce que je fous là.

23. Des coups forts frappés à la porte

Jimmy me dit qu'il est très soulagé que sa mère, à lui, et sa sœur, Cloé, mon ancienne patronne qui m'a démissionnée de force, que ces deux-là lui fichent la paix maintenant.

— Deux sœurs, deux mères, on aurait eu du mal ! Tu vois, Éva, les miennes se sont découragées, les tiennes vont suivre le même chemin.

— J'espère… Mais je garde ma perruque quand je sors. Et après le grand confinement, on fait quoi ?

— On trouve du travail, ou on touche le chômage, en attendant. On se débrouille.

— Oui… mais pour nous deux, on fait quoi ?

— Je comprends pas la question !

— Tu retournes à ta coloc, quand le grand confinement se termine ?

Il me regarde, sourit. Me prend contre lui.

— Si ça ne t'ennuie pas, je continue à me confiner chez toi.

— C'est chez toi, maintenant, Jeff, c'est chez toi.

— J'aime bien quand tu m'appelles Jeff, ça me donne l'impression que tu as deux amants : moi et moi. Celui du jour, celui de la nuit... Celui de l'amitié, celui de l'amour. C'est ça, Éva ?

Ce n'était pas tout à fait ça, mais c'était ça quand même, c'était confus. Je n'ai pas eu le temps de répondre. Des coups forts frappés à la porte.

J'enfile ma perruque rousse, une sorte de réflexe.

Un voisin ? Habib qui a besoin de quelque chose ?

La sœur, la mère qui ont réussi à rentrer dans l'immeuble ?

Ça tape à nouveau, de plus en plus fort. Des voleurs ? Des voleurs qui vérifient que l'appartement est vide ? Oui, j'ai dit que j'étais à la campagne, ça peut donner envie à des voleurs, si sœur et mère ont diffusé l'information.

La porte est fermée à clef, à double tour, et la clef est dans ma poche. J'ai pris cette habitude-là il y a longtemps.

Soudain.

— Police ! Ouvrez la porte. Nous savons que vous êtes là.

Une astuce des voleurs ? se faire passer pour la police ?

J'ai peur.

La police, c'est quel numéro ? Je suis hagarde.

Heureusement, c'est affiché en grand sur le Frigidaire. Pompiers, Samu, Police.

Je tremble. Compose le 17.

Ça continue à cogner à la porte. J'entends beaucoup de voix à travers la porte, dont celle d'Habib, mon voisin. Je ne comprends pas ce qui se dit. Mais j'entends la voix au téléphone.

— Vous avez demandé la police, ne quittez pas…

Je ne quitte pas, je vais me réfugier sous mon lit, j'ai vu ça dans un film. Ou dans un livre. Ou dans un rêve.

La voix au téléphone me demande pourquoi j'appelle, j'ai du mal à articuler.

— Je pense que des gens essaient de me cambrioler… de forcer ma porte. Je suis terrorisée…

— Nom, adresse, téléphone ? Vite !

Je donne les informations, ça tape encore à la porte, pourvu que la police arrive vite ! Si Jimmy était là… Ou Jeff.

— Vous allez raccrocher et on va vous rappeler pour vérifier que ne n'est pas un canular.

J'entends le bip du téléphone raccroché, je suis désemparée.

Je suis étendue sous mon lit, ça sent la poussière, j'ai du mal à respirer, mon cœur bat à toute vitesse. Et si je mourrais là, maintenant ?

Je ne sais pas combien de temps ça dure, une minute ? dix minutes ? un quart d'heure ?

Soudain mon téléphone sonne, j'ai du mal à décrocher, dans l'obscurité, sous mon lit.

— Ici la police, vous me confirmez les informations ?

Je confirme, le nom, l'adresse…

— Une équipe est déjà chez vous, à votre porte. Allez lui ouvrir !

— … Quoi ? C'est la police qui tape à la porte ?

— Oui, dépêchez-vous avant qu'ils ne défoncent la porte.

— Mais pourquoi ?

Trop tard, ça a raccroché.

Je sors de sous mon lit, tousse, pleure, me dirige vers la porte d'entrée.

Ça ne tape plus.

À travers l'œilleton, la petite ouverture sur la porte, je ne vois rien. Ou bien quelqu'un se cache ? J'écoute. Silence.

Je sors la clef de ma poche, je tourne doucement. Premier tour… deuxième tour… Je commence à ouvrir, un tout petit peu.

Et je me prends la porte en pleine figure.

Deux policiers m'envoient la porte en pleine face.

Je crie.

— Désolée, madame, on ne voulait pas vous faire de mal.

— Qu'est-ce qui se passe ? Qu'est-ce que j'ai fait de mal ? Je respecte le grand confinement…

Je hoquette, je ne comprends rien.

— Vous n'avez rien fait de mal, madame, votre famille vous a sentie en danger, nous a demandé d'intervenir, pour votre sécurité.

— Je… je ne suis pas en danger, à part le virus…

Le policier sourit, malgré lui, je vois son sourire, à travers la visière. Son collègue reste impassible, silencieux. Ils portent tous deux cette visière qui permet de voir le visage.

— Oui, là on est tous en danger. Nous devons vous conduire à l'hôpital pour vous soigner.

— QUOI ??? Mais je ne suis pas malade !

— Ce n'est pas l'avis de votre famille. Votre famille a demandé votre hospitalisation en urgence. Comme vous ne répondiez plus aux appels, nous sommes intervenus, de crainte d'un suicide, vous comprenez ?

— Non ! Je ne comprends pas.

— C'est normal… C'est une nouvelle mesure, pas encore très connue. En cas d'épidémie, il y a des dispositions spéciales qui permettent à la police d'intervenir pour éviter le suicide de personnes isolées et des personnes à la santé mentale fragile. Je vous répète ce qu'on m'a dit, je ne suis pas juriste, et je ne suis pas psychiatre. Vous auriez un verre d'eau ?

— Pardon ?

— Oui, on s'est un peu épuisés à force de taper sur la porte, on a deviné que vous étiez là, à cause de la radio.

— La radio ?

— Oui, j'ai reconnu les sons de France Culture, j'écoute ça dans la voiture. Je me suis dit la dame doit être là. Mais bon, c'était pas sûr. Il y a des gens qui laissent la radio allumée pour dissuader les voleurs.

Ah ! la radio... Je l'éteins pour dormir. J'oublie qu'elle est allumée. Sauf avec Jimmy. Jimmy, lui, sait éteindre, dès que nous sommes seuls, tous les deux, il trouve que c'est une concurrence déloyale.

Je vais chercher une bouteille d'eau, deux verres. Le policier silencieux refuse, sans un mot, juste un signe de tête. L'autre boit deux verres de suite, frapper à ma porte l'a assoiffé.

— Merci madame, merci beaucoup. Vous pouvez préparer un sac avec vos affaires personnelles, trousse de toilette, vêtements de rechange, tout ça. Quand ce sera fait, on appellera l'ambulance pour vous emmener à l'hôpital.

Je suis ahurie. Il le voit, répète la même chose. L'autre reste silencieux, sans aucune expression,

— Non… Non, je ne veux pas… Je suis très bien chez moi.

— Votre famille vous pense trop isolée et en danger, mais c'est à vous de voir. Je ne devrais pas vous le dire, mais vous pouvez refuser. Mon collègue est sourd, c'est pour ça que je peux le dire devant lui, et c'est pour ça qu'on est équipés de visières. Si vous ne vous sentez pas en danger, si vous n'avez pas envie de vous suicider, si vous n'avez pas envie d'être hospitalisée, vous avez le droit de refuser, c'est dans la loi.

Immense soupir. On ne va pas m'emporter de force.

— Je refuse, monsieur, je refuse.

— Vous avez bien raison, à votre place je ferais comme vous. Surtout que… à l'hôpital, on vous bourre de médicaments, après vous ne savez plus qui vous êtes. Déjà que c'est pas facile à savoir !

Il se met à rire, un joli rire, enfantin, qui ressemble un peu à celui de Jimmy.

— Merci, monsieur, merci beaucoup. Encore un verre d'eau ?

— Volontiers ! Merci madame, vous êtes bien aimable. Écoutez, j'habite dans le coin, si vous êtes embêtée, si vous avez besoin d'aide, appelez-moi.

Il boit son verre d'eau d'une traite, sort un petit carnet de sa poche, un stylo, écrit quelque chose, arrache la page, me la donne.

— À bientôt j'espère ! N'hésitez pas, madame, ça me fera plaisir de vous revoir, sans avoir besoin de taper sur la porte. Encore désolé. Bonne journée, et surtout prenez soin de vous !

— Merci, vous aussi… C'était qui ? Je veux dire, qui a demandé votre intervention ? Ma sœur ? Ma mère ?

— … Je dois pas vous le dire… Oui, les deux. À votre place, je ne leur parlerai plus jamais, après un coup comme ça. Allez, à bientôt !

Je chuchote merci, je les regarde partir, le sourd qui est resté muet, et lui…

Lui, qui ? je referme la porte, regarde ce qu'il a écrit sur la page qu'il m'a donnée.

Un numéro de téléphone et… Trois lettres.

Jim.

Jim… qu'est-ce que c'est joli, Jim.

Et comme il était gentil, ce Jim.

Il m'a évité l'hosto, ma sœur, ma mère venant vérifier que j'étais sous leur contrôle. Qu'elles aillent se faire foutre ! Jim a raison, ne plus jamais leur parler. Est-ce que mon père aurait quitté livre et fauteuil pour venir me voir à l'hôpital ?

Je suis très contente de m'être débarrassée de mon ancien téléphone. Le nouveau est arrivé par la poste, comme ma perruque.

Jim…

Est-ce qu'il a mon numéro de téléphone, Jim ? Non, je ne le lui ai pas donné. Tant mieux. Pas besoin d'attendre qu'il m'appelle.

Je lui enverrai un texto ce soir pour le remercier de sa gentillesse.

21. Jim et la joie intérieure

Jim et moi, on fait connaissance, jour après jour, en douceur.

Il passe me voir après son service, il appelle ça comme ça « mon service », ou lorsqu'il est de repos. C'est un homme doux, paisible, très attentif, bienveillant. Il aime rire, il est drôle, et ça me fait beaucoup de bien.

Il me rappelle un homme dont j'ai souvent rêvé, ces temps derniers, depuis le grand confinement. J'allumais la radio et j'imaginais qu'il me parlait, je l'emmenais dormir avec moi, le poste de radio posé contre moi.

Grâce à Jim, je me désintoxique de la radio, je ne l'allume que pour les informations, ou pour une émission. C'est vrai, parfois j'oublie encore de l'éteindre, j'aime les voix. Je ne suis pas seule quand je suis avec une voix. Comme une conversation toujours disponible. Et la possibilité de changer de conversation, d'interlocuteur, à tout moment.

Jim n'a pas de chance, il est confiné chez sa mère, parce qu'il a perdu son logement juste avant le grand confinement... sans avoir le temps, la possibilité d'en trouver un autre. Contraint, l'hôtel étant trop cher, il a déposé ses affaires chez sa mère, qui a un grand logement, et a récupéré sa chambre d'enfant. J'ai entendu à la radio que c'était arrivé à beaucoup de gens et me suis bien réjouie d'avoir échappé à ça. Trois jours chez ma mère et je deviens folle. Chez ma sœur aussi, d'ailleurs. C'est bizarre que les sœurs et les mères disposent de grands logements. Non, c'est une généralisation, je suis sûre que beaucoup de mères et de sœurs ont de tout petits logements ou n'en ont pas.

D'ailleurs je suis allée voir Gaby qui dort dehors, je lui ai apporté à manger, une couverture, de l'eau, du gel hydro-alcoolique. Si sa mère ou sa sœur avait un grand logement, il ne dormirait pas sur le trottoir. Bon, sa famille habite à Bamako, ça fait loin, et pas d'avion... Gaby m'a dit merci, m'a embrassée. Ça m'a embarrassée, à cause du virus. Embrassée sur la joue, comme une amie. Pas comme une sœur, j'espère. J'ai une mauvaise image des sœurs, ces temps derniers. Sans doute à cause des romans que je lis.

Je me suis lavée en rentrant, j'ai demandé à Jim de ne pas venir me voir pendant une semaine, au cas où

Gaby m'aurait refilé le virus. Il est quand même venu, parce que je lui manquais trop, il m'a dit. On est restés masqués, à un mètre de distance, fenêtres ouvertes. On a parlé, c'était doux. Comme on était loin l'un de l'autre, on s'est rapprochés en parole.

Il est mal à l'aise, confiné chez sa mère. Elle n'est pas méchante, Jim est presque sûr de ça, mais elle est très autoritaire, se conduit avec lui comme s'il avait huit ans. Chaque fois qu'ils mangent ensemble, elle lui demande s'il s'est bien lavé les mains avant de passer à table. Quand il est de service de nuit, elle lui met de force des préservatifs dans la poche, au cas où il serait violé par une prostituée, lors d'une arrestation. Elle a beaucoup d'imagination.

Une semaine après la bise de Gaby, je me suis fait testée, une heure de queue dans la rue, j'en ai profité pour regarder les gens, comme si c'étaient des personnages de roman, du coup ils étaient tous intéressants. Le test ne m'a pas fait mal, c'était juste désagréable, beaucoup moins douloureux que certains moments dans la vie.

Jim m'a parlé, à un mètre de moi, mais j'ai très bien entendu, malgré le masque, très bien compris ce qu'il appelle « la douleur intérieure » ; ça veut dire qu'on souffre beaucoup mais que ça ne se voit pas, de l'extérieur. Je pense qu'il a eu beaucoup de douleurs intérieures. C'est peut-être pour ça qu'il est si gentil, si doux, si patient, si tendre. Il fait très attention à ne causer aucune douleur intérieure. Avec moi, il y arrive très bien. Il me fait beaucoup de bien intérieur, de plaisir intérieur, de joie intérieure. Et ça se voit à l'extérieur. Quand je pense à Jim, c'est-à-dire presque tout le temps, je souris. Je souris en dormant. C'est lui qui me l'a dit.

Mon test était négatif, j'étais soulagée : je ne voulais pas contaminer Jim.

Il est venu dormir chez moi plusieurs nuits, en disant à sa mère qu'il était « en mission longue durée ». Je l'ai taquiné en lui demandant s'il s'était bien lavé les mains.

Sa mission, c'était des jours de repos, en fait. Des jours, des nuits. Je me suis sentie si bien avec lui, comme dans le rêve que j'avais fait, avant de le connaître. L'imaginer repartir chez sa mère m'arrachait le cœur, rien que d'y penser. Je lui ai proposé de se confiner avec moi. Il a été si soulagé : il n'osait pas me le demander, l'espérait de tout son cœur.

On s'est fait une belle vie, tous les deux. Quand je fais mon heure de marche avec mon attestation « Activité physique » j'imagine qu'il est avec moi, je lui parle dans ma tête.

Quand je fais les courses, j'achète ce qu'il aime, c'est un gourmand malgré sa carrure et sa stature d'athlète.

J'aimerais beaucoup que ça dure toujours, lui et moi.

Je me dis que c'est possible puisqu'il est là quand il n'est pas là.

Que je suis toujours avec lui.

***

Quand le grand confinement a pris fin, quand on a pu sortir ensemble, quand j'ai pu retravailler, voir des gens, j'ai continué à le sentir près de moi, solide, fiable, stable. J'ai continué à me sentir en sécurité.

Les gens me trouvent très épanouie, confiante, agréable de contact ; c'est ma cheffe qui me l'a dit l'autre jour, lors de mon évaluation. Une personne sympathique, je suis à l'aise avec elle, rien à voir avec Cloé qui m'en a fait tant baver. Je savoure ma chance.

L'autre jour, dans le hall de l'immeuble, mon voisin Habib m'a dit qu'il me trouvait « rayonnante », ça m'a surprise, moi qui me suis si souvent sentie terne.

On me demande parfois si j'ai un amoureux. Je ne réponds pas, je suis évasive, je les laisse penser ce qu'ils veulent.

Je ne dis rien de Jim, c'est mon secret.

Parfois, la nuit, dans mes rêves, il m'arrive de l'appeler Jimmy ou Jeff. Je lui dis que ce sont des personnages de roman, des personnages que j'ai beaucoup aimés, même si j'ai oublié le titre des livres. Il comprend : il aime lire, mais oublie les titres. Il n'aime pas lire de romans policiers, ça lui rappelle trop son travail, il lit des histoires d'amour et de la poésie.

Si un jour Jim s'en va, je me dis que Jules pourrait m'aimer. C'est mon nouveau voisin, sur le même palier. Il a toujours le sourire, une voix douce. On se rend des services, on discute ensemble, on s'entend bien. On s'est liés d'amitié, c'est lui qui le dit, et je suis d'accord avec ça.

Je n'ai jamais revu ni mère ni sœur. Elles pensent que je suis internée dans un asile. Mon père me manque, même si on ne s'est pas beaucoup connus, lui et moi.

TABLE

CHEZ LE MÊME ÉDITEUR

ARIAS-MISSON Alain, *Autobiographie d'un personnage de fiction*
ARIAS-MISSON Alain, *Le Théâtre de l'inceste*
ASCIANO (D') Jean-Luc A., *Cigogne*
BAČIĆ ALIMPIć Jelena, *Dernier printemps à Paris*
BENGHOZI Pierre, *Loki 1942*
BERG Laura, *Milady la nuit*
BOIDÉ Caroline, *Les Impurs*
BONNAND Alain, *Arthur Cauquin au Yémen*
BONNAND Alain, *La Grammairienne et la Petite Sorcière*
CASTANER Béatrice, *Aÿmati*
CASTANER Béatrice, *La Femme-Maÿtio*
CHEON Un-Yeong, *Adieu le cirque !*
COHEN DE TIMARY Éloïse, *Babylone Underground*
DE PAS Patricia, *Figures littéraires de la dépression*
DOMECQ Jean-Philippe, *Deuxième chambre du monde*

DOMECQ Jean-Philippe, *Qu'est-ce que la Métaphysique Fiction ?*
DOYON René-Louis, *Éloge du maquereau*
DRUESNE Anna, *La Vénus aux kakis*
DUSSIDOUR Dominique, *Sade romancier*
ELIZAROV Mikhaïl, *Les Ongles*
ELIZAROV Mikhaïl, *Syphilis*
ENGDAHL Horace, *Café Existence*
ENGDAHL Horace, *La Cigarette et le Néant*
ENGDAHL Horace, *Le dernier porc*
ESTÈBE Christian, *Le Palanquin des caïds*
FIGUEIRÉDO (DE) Patricia, *Vous n'aurez pas mes cendres !*
FILOCHE Pierre, *Ce bel été 1964*
FILOCHE Pierre, *Harcelé*
GENÈVE Max, *Le jeune homme qui voulait ralentir la vie*
GENÈVE Max, *Le Transformiste*
GENÈVE Max, *Le Voyage de M. de Balzac à Turin*
GENÈVE Max, *Virtuoses*
GENTIL Mano, *Très chère Ursule*
GUERRESCHI Jean, *Riyad*
GUIOU Dominique & MORALES Thomas, *La Dame au cabriolet*
HÉAUME Stéphane, *Dernière valse à Venise*
HÉAUME Stéphane, *L'insolite évasion de Sebastian Wimer*

HIRSCH Mikaël, *L'assassinat de Joseph Kessel*
HOCQUENGHEM Guy, *La beauté du métis, réflexion d'un francophobe*
HWANG Sok-yong, *L'Étoile du chien qui attend son repas*
JACCARD Roland, *Le Monde d'avant Journal 1983-1988*
JACCARD Roland, *Les derniers jours d'Henri-Frédéric Amiel*
JACCARD Roland, *Station terminale*
JACQUET Élisabeth, *Mon mari et moi*
JAMET Marie-Christine (sous la direction de), *Casino Venier Venise*
JAY Salim, *Dictionnaire des romanciers algériens*
KHIYAVI Hafez, *Je puais le sang d'âne*
KHIYAVI Hafez, *Une cerise pour couper le jeûne*
KIM Yeonsu, *Tu m'aimes donc, Sonyong ?*
KIM Un-su, *Jab !*
KLOSSOWSKI Pierre, *Sur Proust*
KO Un, *La première personne est triste*
KRIER Sylvie, *Un cheval dans la tête*
LAIR Mathias, *L'amour hors sol*
LAMY Jean-Claude, *Ma première mort*
LECLAIR Bertrand, *La Villa du Jouir*
LEE Seung-U, *La Baignoire*
LEE Seung-U, *Le Vieux Journal*

LEMIEUX Anne, *Les Retranchées*
MATHIS Alexandre, *LSD 67*
MATIĆ Andrija, *Burn-out*
MATIĆ Andrija, *L'Égout*
MEYER Shmuel T., *La bouche ouverte*
MINIÈRE Isabelle, *Au pied de la lettre*
MINIÈRE Isabelle, *J'ai dix-huit ans, tous les âges à la fois, et j'ai un papa*
MINIÈRE Isabelle, *Je suis né laid*
MINIÈRE Isabelle, *Je suis très sensible*
MINIÈRE Isabelle, *On n'est jamais à l'abri d'une bonne surprise*
MOINE, Alice, *La Femme de dos*
NADAUD Alain, *Dieu est une fiction, essai sur les origines littéraires de la croyance*
NINET, Ludovic, *La Fille du van*
OH Jung-hi, *Le Quartier chinois*
PARAVEL Dominique, *Alice, disparue*
PARAVEL Dominique, *Giratoire*
PARAVEL Dominique, *Nouvelles vénitiennes*
PARAVEL Dominique, *Uniques*
RAYMOND-THIMONGA Philippe, *Adrian Æ*
RESENTERRA Olivia, *Le Garçon, scènes de la vie provinciale*
RESENTERRA Olivia, *Nécrologie du chat*

ROMAND Anny, *Abandonnée*
ROSIĆ Tiodor, *La Robe de madame Kilibarda*
ROUBAUDI Ludovic, *Camille et Merveille ou l'amour n'a pas de cœur*
ROUBAUDI Ludovic, *Nostra Requiem*
ROUZIN Marie, *Circulus*
SERDAN Éliane, *L'Algérois*
SERDAN Éliane, *La Fresque*
SERDAN Éliane, *La Ville haute*
SIEFENER Michael, *Albert Dunkel, écrivain de génie, tueur en série*
SIVAN Isabelle, *Dankala*
STÉNUIT Marie-Ève, *Le Tombeau du guerrier*
STIBBE Isabelle, *Bérénice 34-44*
STIBBE Isabelle, *Les Maîtres du printemps*
TEYSSEYRE Michèle, *Loin de Venise Vivaldi, Rosalba, Casanova*
TEYSSEYRE Michèle, *Patagonie*
TRIBUSON Goran, *Le Cimetière englouti*
VAFI Fariba, *Un Oiseau migrateur*
VERHAEGHE Jean-Daniel, *Le passé définitif*
VIDAL Florence, *L'Affaire des miroirs de Venise*
WAILS Stanislas, *La Maison Matchaiev*
YE Lingfeng, *Confessions inachevées*
ZIZI Bachisio, *Les Troupeaux de la colère*

Collection Boucan

Mensonges en gilet jaune, Sylvain Boulouque
Macron, un roi en bras de chemise, Armand Farrachi

Achevé d'imprimer en janvier 2022
par Books Factory
Imprimé en Europe

Dépôt légal : janvier 2022